目次

第一章 兩個學長

很多事情往往都跟計畫或想像的不一樣。

關係是互相的，所以，即使學長跟學弟已經在旁人眼中甜甜蜜蜜超過三個月，這兩個人卻是到了下學期才真正開始有在交往的感覺。

這種主觀意識的落差其實當事人爽就好，因為即使不爽你也不能巴上去咬一口。

對學弟來說，自己決定的事、兩個人在一起的自覺，讓他意外發現自己居然會堅持些瑣碎的小事，這是以前未曾發生過的。

面對以前的對象，學弟會謹守原則，幾乎所有的要求都笑笑的說好。但這招對學長來說則根本是送上門的大禮。一旦出現一個問題，學弟以一個開玩笑的方法想結束，學長就會提供另一個超乎想像的解決方案。

最初的範例，是那個看電影的午後答應要買的股票基金跟保險。當學弟看到錢滾錢就可以讓他的研究生補助金在五年內輕鬆超過兩百萬，不由得感慨難怪窮人一直都很窮，花錢的方法完全不是同一個水平。

範例二則是看到外國網站的家用品誇張廣告，半開玩笑的說東西雖貴但好像很不錯，結果學長真的弄了個經銷商來玩玩，廠商給的贈品太多拿到實驗室分送……因為東西真的不錯，所以學弟一如往例的決定不去問學長究竟又賺了多少。

自己的情人生財有道當然是好事……但連玩笑都能提供靈感的時候就有些恐怖。姑且不論學弟偶爾在學長手下吃鱉的次數，學弟在體認到煞車的必要性後，開始從小地方逐步堅持，回答問題的時候也多留了幾分心思，總算在下學期開學一個半月後，把學長的理財熱度帶回了接近常態值的範圍，存摺裡的很多零則是學弟沒有堅持阻止到底的原因。

然後這兩位就開始呈現一般所謂的笨蛋情侶的模式。

當事人當然還是很愉快，實驗室的女性們則覺得快要被逼瘋了……尤其學姐們自己當初說好事情僅限實驗室內，讓現況根本就像在打破滿瓶香水的室內緊閉門窗放瓦斯點火……身受畢業論文壓力的學姐們只能努力忍耐忍耐再忍耐，倘若自制力不足任意暴走，任意閃光的笨蛋情侶，那骨子裡的惡作劇魔王就會睡醒伸懶腰，拿她們形銷骨立的憔悴作為有趣的消遣。已經決定直升的學弟甚至惡質的一邊超修課程，一邊好整以暇的整理數據與計畫，從正面刺激學姐們的短處。

學姐們雖然非常、非常、非常的怨恨，整理著數據，道貌岸然的填寫著專業崇高的論文初稿，心裡一遍又一遍的唸著去死去死……但是技不如人的事實以及其實還是很為兩人高興的心情，讓她們矛盾且扭曲的精神狀態得以在飄搖間忍耐著屹立不搖，三不五時還是會八卦一下紓解壓力，總是不能太對不起自己。

期中考則是死一般的平靜。

經過上學期的海拚以及大學時期的抵免，學弟在下學期已經沒什麼學分了，但直升計畫讓他的課表再次填滿了課號及課名，相對的涵義則是充滿了報告及考試，而因為實驗處於等待期間而無事可做的學長，在孤立無援的情況下，也只好乖乖的替即將畢業的孩子們捉刀，閒閒地翻著學弟的上課講義幫忙抓重點，嘴裡還不忘抱怨內容全都真他媽的鬼扯，不可否認，學長的解釋比教授說的好懂不只一百倍，連要畢業的學姐們都有恍然大悟的感覺。

真是糟糕。

下學期的期中一過，對於學校及研究，或者說對推甄有企圖的大學部學生，就會開始在系辦及各個實驗室鑽動打聽。學弟所在的實驗室，雖然歷來不知原因的很少有大學部學生，但並不是沒有，而且品質以及推薦函的效力都是出奇的高，實驗室本身也是數一數二的有錢……也許人數不多是教授嚴選的堅持，但這並不妨礙選擇的意願。

推甄上的學生則開始找老師，漸漸的，一個個的出現在實驗室。

該說是媳婦熬成婆？雖然學弟從來就只有整人而沒被虐待過，但如今，學弟終究也順理成章的成為實驗室的學長，收斂本性，掛上比聖人更加溫柔光輝的親和微笑，俯視新進實驗室的可愛免費勞工兼玩具。

輕輕的，隱藏本性。將親切笑容轉換為徬徨孩子們的餌食，讓他們能自願的日復一日的前來實驗室受苦受難。

禮多必有詐，新進的學生當然也沒那麼笨，只是學弟在大學部所累積的信用與風評實在太好，好到沒有人去想，同樣的笑容換個地方放，內容究竟還一不一樣……另一方面，學弟很安分，在確定貴重的免費勞力不會逃跑前，學弟只會細心且毫不間斷的觀察、試探、麻痺並且篩選經由鑑定視為可用的對象，以不被當事人發現的惡意揚起有如晨曦的笑容，等待他們跑不掉的日子來臨。

學長看在眼裡，既不阻止也不支持，用著進化過後的笑容，輕輕指點著還沒完全決定的大學部學生，至於推甄上的學生，除非老師不收，都少有跑掉變卦的，沒出現只是想玩夠了再進實驗室。

學弟的同學們對學長從犯式的行為，心裡有千百個微詞轉了又轉，欲言又止，卻終究還是什麼都沒說。

五月底，學姐口試，學長生日，傳說中有個叫做期末考的東西再兩個禮拜就會出現。

「欸，小朋友們怎麼都不見啦？」

學姐B問著左鄰右舍，剛過完生日的學長今天不在，一大早就去中研院作實驗，而學弟正在檢查他每一份提早打好的報告，一邊一筆筆劃掉報告清單上未完的課名報告。

「時候到了吧，現在開始打報告看書，差不多啊！倒是你，不要逃避現實，就算後天口試你是最後一個，你該不會打算今晚我試講的時候你還在做投影片吧!?」學姐D看了眼逃避現實的同學，手下努力修改著投影片，語帶恫嚇。

「知、知道啦！我也不過差三張而已，一下子就好了啦！真是，學弟！都是你！不然學長為什麼今天不在！學長在的話就算會虧人他也還是會幫忙啊！」

已經檢查完報告的學弟拿起釘書機，一份一份整齊的釘起來，學姐任性的發言讓他只想笑。

「又是我？是老師吧，學長是去中研院又不是在家裡的床上，不想認真的人怪罪認真的人真是沒天理啊，學姐，你不是早知道學長要去中研院作實驗，就像你早知道後天要口試一樣？」

學姐B啞口無言，學姐A則不由自主的慘叫呻吟，把頭埋進眼前的資料裡，學弟的調笑反駁遠比笨蛋同學的暗示露骨，什麼家裡的床上!!那個死小孩根本存心連坐刺激在場的孤家寡人!!

學姐G默默嘆息，拍了拍坐在她旁邊的A子，大家最近都壓力大，決定直升的學弟，實驗其實也是只多不少，再加上都忍耐著裝好人沒對大學部動手，送上門的B子不玩才奇怪，這種程度已經很收斂了。

難道看不出來學弟想整人已經很久了嗎……

「學弟，放過你可憐的學姐吧，你下午不是還有實驗嗎？」

學姐G子的溫和調停，讓剛好釘完最後一份報告的學弟大大嘆了口氣。

「預約了電顯實驗室跟暗房，上次那一批照的不好，還洗壞了，全部都過黑……我覺得我眼睛快瞎掉了。」才剛擺脫電腦的學弟，一想到要面對一整個下午的顯微鏡跟暗房，用手按著眼睛的動作就看起來好鬱卒。

「不想看顯微鏡就去做別的實驗嘛！儀器那麼多，又不是非得用顯微鏡。」學姐F把剛印好的投影片拿在手上翻看，想當然爾的說道。

「都滿了，唯一沒滿的是實驗室的儀器，那些我已經用不到了。」

學弟淡淡的說著，一邊把報告按次序裝進二頁夾，在電腦的桌面行事曆註滿交報告的日期，枉顧背後正在趕實驗的美麗同學因為他的話而臉色慘澹。

「嗚哇……好囂張的話，你只是目前用不到！可惡！等期末你就知道了！」學姐B聽到學弟的發言，生氣的狂啐舌。

「我就是知道，現在才會這麼乖的早早打完報告，本來今天想去借Confocal[1]……還好這學期的考試很少。學姐，別瞪了，這是先甘後苦跟先苦後甘的差別，至少我碩二上會輕鬆點。」

「哎，是這樣也沒錯啦……我們要畢業了欸學弟，總覺得沒有當學姐的感覺就畢業好遺憾啊……」C子把修改了半天的投影片存檔，語氣遙遠卻聽不出半點遺憾。「我想我們都會記得你的美食，你可要記得我們啊，不然我們詛咒你！」

學弟聽了這缺乏因果關聯的句子只是笑笑，沒有回答，拿起東西離開實驗室，腦中閃過學長回來的時間，笑容不自覺地在無人走廊上擴散，留下散落的腳步聲。

✤ ✤ ✤ ✤ ✤

不論如何苦難，會過去的總會過去，學姐們口試完，在學弟妹的期末考前安然的領到畢業證書，雖然還有一狗票的東西要修要改，反正最後繳交期限是七月三十一號，現在不翹著腳給他涼到

1 Confocal：共軛焦顯微鏡。

爽簡直對不起自己!!

身處苦難的人也是有解脫跟超脫的那一天，進入期末考的時候，已經畢業的學姐們終於可以以盈盈笑意平心靜氣的，看著學長、學弟、以及其他同樣要考期末的學妹們。

爽啊！真是太令人愉快的六月，雖然學長不考試，但是看學弟忙來忙去還是很愉快。

然後，則是讓學姐們更為愉快的七月，只剩下辦離校手續，只差實驗室傳承，每天每天都很閒，而且今年的碩一終於確定有新學弟進實驗室，五個新生裡三男兩女，怎麼比都比去年來的好。

而且剛好能在離開實驗室的最後過足當學姐的癮。

雖然跟前任的學弟相較之下僅是中上的水準，但可以指使男性晚輩的樂趣還是讓她們感到相當的欣慰愉悅。

而曾經是唯一的學弟的人，如今也晉升為實驗室唯二的學長，比起同屆的同學，曾經被學長和老師特別關照操練的魔王陛下，不管從知識還是實驗技術上都足以成為令學弟妹景仰崇敬的學長。

於是實驗室有了新稱號，大學長跟學長。成為現任學姐的同學們（兩名），看著有些天真的新進碩一以及修專討的大學部學弟妹，在全員到齊的實驗室Meeting時跟學弟的互動，以及被劃分到腹黑同學名下負責的那幾個一臉高興賺到的模樣，內心一陣翻騰刺痛。

難怪詩人常將美好之物以薔薇或玫瑰比喻，良心這種東西開了花之後真是痛徹心扉。

學姐們很清楚自己是絕對不會說實話，即使同情心再氾濫。

對此，學姐D說了讓人非常無言以對的評語：

「被學弟騙著玩，總比被詐騙集團騙到連骨髓都被抽乾來的好吧？學弟是用心良苦，這個社會人吃人，一切都是被騙的人不好。更何況，他們根本不會發現自己被玩，吶，你看他們笑得多陽光啊！對我說的有意見？那就去告訴他們眼前溫柔專業的學長，是喜歡把活玩具玩到剩一口氣等玩具好了再玩一次的恐怖大魔王，就算三人成虎，他們會不會相信還是個問題。」

短髮俏麗的學姐D用眼神和微笑指責眼前同學學妹的偽善，言詞之間是加害者與置身事外的態度，最後一句則是可悲的事實。

……當年被玩，現在難免也想當觀眾看別人被玩嘛……

於是懷有良心的偽善者幾經思考之後，跑去找學弟，而學弟給了她們一個面帶微笑的承諾。

「永續經營很重要，所以不用擔心，我會比學姐D說的還做得更好，讓他們即使只剩一口氣都會痛哭流涕的感謝我，等好了再心甘情願滿懷喜悅的回來。」

學姐同學們聞言倒吸一口氣，腦袋裡瞬間閃過變態兩個字，笑笑的點頭告辭轉身就走。

「喂喂喂，學弟是怎麼了？前一陣子放閃光的時候明明很可愛的啊！怎麼突然就變恐怖了？」學姐B小聲小聲的探問身旁的E子，好久不見魔王化的學弟實在很不習慣。

「大概是可愛太久所以覺得需要振作了吧？」文靜的學姐E子，直白的感想不無中肯之處。

「那是有對手才可愛吧？偶爾無奈有苦難言的可愛學弟是學長專用，我們只是很榮幸的看到，別強求。」學姐A子說得口氣涼薄，無奈裡有著小小的羨慕。

「是因為玩具們都到齊了所以很開心吧，他苦苦忍耐大半個學期終於可以動手，你們應該高興我們很安全。」學姐D喝著學弟泡好的冰水果茶，提點著退休的同學們別不知死活的往下跳。

「……我覺得你也被學弟同化了……是我的錯覺嗎？」學姐F在慶幸自己安全的同時，說出不妙的發現。

D子聽到之後笑的很開心。

「妳們不覺得那種作風很有參考價值嗎？反正只是看戲，就愉快的在旁邊看呀！」

於是，事情就這麼決定了。一個禮拜後，慫恿大家看戲的D子，瀟灑的辦完離校手續離校了，留下三心二意的同學學妹看學弟集體馴養今年的新生。

目前，實驗室所有的例行工作已經有九成是由新生、以及修專討的大學部學生去維持，對於學弟那一屆的學長姐以及博班大學長為何不用做任何例行性工作，小朋友們並不是沒有疑問，新科上任的學長只用一句話以及燦爛蠱惑的微笑就解決了。

「這是實驗室的傳統，這樣碩二的才能專心做實驗忙畢業，以後你們也是這樣，所以，記得多找些學弟妹進實驗室，以後才有人幫忙。」

「是沒錯啦……欸，學長，那可要好好謝謝我們啊！不然你不是更慘！」

「是啊，真的非常謝謝你們，你們能進實驗室真好。」

學弟用華麗的笑容再現廣告名台詞「有你，真好！」，澈底地滿足了小朋友們的虛榮心，反正不管怎樣都得做，有個學長笑笑的說謝謝當然是比較好。

而某人的同學這下更難下賊船了……學弟的一句傳統就像是強迫中獎的賄賂，人都是有惰性的，誠如學弟所說，能夠舒舒服服心無旁騖的趕實驗是理想中的理想，要昧著欲求說不實在太傷身。

棒子加蘿蔔，馬才會跑的快，這招對人也很有用，再加上學弟慣用的伎倆是「創造習慣」，而一個慣於歡欣接受勞役與壓榨的人是不會有抱怨的。

專業的部分因為有學弟，除非特別的疑難雜症或是學弟沒空，學長才會出馬，神人般的大學長很自然的受到學弟妹的崇敬，這讓失去學長尊嚴很久的學長感動且惆悵，心裡想著也許再過沒多久，眼前乖巧的小朋友就會變得沒大沒小。

學長卻沒發現這其實是他自己造成的。

暑假的時候，老師因為研討會的關係，每年都是在國外飛來飛去，愛玩的學長根本是卯起來趁老師不在的時候，糾眾出遊，死命的煽動小朋友，因為去年的學弟叫不動，前年都是女生所以能玩的選擇很有限。

溯溪烤肉、登山、飛行傘、九份夜遊、貓空老人茶之旅、夜市巡禮、投籃機PK賽、只有贏家才能去上廁所的麻將大賽、颱風夜的實驗室盃恐怖飲料抽鬼牌……還有學長最喜歡的海釣，一個也沒放過的拖著小朋友全都玩了一遍。

新生們到最後，聽到大學長說要出去玩就頭皮發麻，大學長實在太能玩，笑笑跟著面不改色的小學長也很恐怖……已經不知道究竟是東西好玩還是他們好玩。

於是，難得的，新進的研究生跟大學部，破天荒的喜愛且期待老師回來的日子，第一次覺得坐在實驗室操作機械性的實驗，照顧小兔子是很幸福的一件事，而且他們的荷包還不會因此而貧瘠消瘦。

反過來說，當你知道一個學長很能玩的時候，你就不會使用太過優雅畢恭畢敬的用語，再加上某個有錢人的長吁短嘆向來沒什麼程度，跟新生說說笑笑的結果就是常常被人吐槽。

「欸欸，小朋友，你們這樣吐槽我就不對了，我是你們大學長欸，你們求我的時候絕對比我需要你們的時候多，怎麼可以這樣對我呢⁉而且，說到這個我就覺得你們實在是不懂事，這個也是你們學長，你們怎麼就不吐槽他，你們要像善待我一樣善待他啊！」

對於學長的抱怨，小朋友的答案也很簡單。

「大學長，我們哪有不懂事，你們又不一樣。」

「廢話，當然不一樣，吶，說明一下，他們為什麼對你比較好？」

正在喝著下午茶的學長，決心要找出他失去學長威嚴的原因。

「因為我不會自毀長城。而且，他們現在吃喝的東西是我做的。」學弟向學長舉杯微笑，一如以往的優雅笑容令人氣結，拿人手短吃人嘴軟的新生正在小得意，學弟淡淡的將矛頭指向他們。

「不過呢，學長還是有學長的威嚴，你們心裡想什麼我不管，就是別說出來，既然大學長提了，我們就來清算一下，拿實驗來抵。」

「什麼～～！學長！哪有這樣的!!」

聽到抱怨跟慘叫，學弟彷彿聽到悅耳音樂般的愉悅。

「哦？怎麼沒有？我還以為你們是做好心理準備的，還是，因為沒結算所以都忘記了？再怎麼說我也是個學長，沒道理幫你們吧？現在是八月中，再一個月實驗室要進度報告，meeting另外算，我們來好好計畫一下實驗，順便把吃飯睡覺上廁所的時間合併，反正你們人多又無聊，一定沒問題。」

「啊，對，孩子們，抽個牌吧，一人兩張。」聽到學弟講到實驗的事，想到什麼的學長反身從桌上翻出一副撲克牌，熟練的洗牌攤開。

碩一跟大學部還沒來得及哀號，就又被學長轉移了注意力。

「……大學長，為什麼要抽撲克牌？」

手上拿著撲克牌的學長笑得很氣質很心機很陽光。

「喔，前幾天啊，我在設計畫分你們接下來要做的實驗，在想你們有哪些方向要注意，既然今天有機會，所有的實驗就一口氣給你們，不要說我偏心不公平，實驗室嘛，講求的是公平、公正、不公開的原則，所以呢～我們用抽牌的，有難的，很難很難，也有簡單但是很煩很煩的，就看你們自己的手氣，一切都是命！不滿意，就打倒你旁邊的同學，或你們出去私下解決，要合作我也無所謂，只是，一個月，你們要做完，我會跟老師講，自己想辦法啊。」

小朋友連哀號抗議的意圖都消失了，跟兩位學長瘋狂玩的結果是他們都沒有明顯的進度，又還搞不清楚自己該幹什麼，總不能等到報告的時候才跟老師說不知道吧……因為學長明明有……

於是，可憐的孩子們顫抖著雙手，抽出撲克牌，拿到自己那部分的實驗，花了一個下午搞懂是什麼實驗，在兩位學長雙雙離開的背影裡無聲哀嚎。

真的沒什麼，只要每天睡四個小時，只要從頭到尾不失敗，就……一定做得完。

✤ ✤ ✤ ✤ ✤

※　大學部的證詞　※

在學長姐口中，這間實驗室很神祕。

沒有人真正的對這間實驗室很了解，目前也沒有學長姐在跑這間實驗室……

可是這間實驗室的學長姐人都很好，這是公認的事實，尤其，那個帶必修實驗的男助教還在女生之間掀起一陣熱潮，想不知道都不可能（幹！）。

好不容易下定決心，跟同學一塊選了專討，進這間實驗室，然後發現這裡其實很歡樂……

而且還太歡樂了一點。

實驗室負責的是大學長，帶我們的則是小學長跟兩位學姐，很明顯的可以發現，實驗室負責帶頭的是兩位學長，不管是實驗還是玩樂。

我們全員到齊的第一次meeting，老師前腳離開實驗室，大學長後腳就帶著我們去夜唱，還帶了酒，一路唱到天亮，然後我們發現學長們驚人的酒量。

以後大學長不管怎麼勸酒都絕對不能答應，實在太虧，酒量輸人還拚什麼酒！

兩位學長據說住在同一棟公寓，感情很好，要整我們的時候眨個眼事情就計畫好，女同學說是心意相通，超噁心的說法，這是朋友間的默契，雖然以被整跟整人來說這種默契不要也罷。

相形之下文靜的學姐是救星，某些時候，被不愛直接說實話說答案的小學長拐著彎整治的時候，大學長也是令人感動的救星，實驗室唯一能阻止小學長的只有大學長，老師則是根本不會知道也不會發現，會不會相信我們也是個無解的問題。
反過來說，當大學長豁出去的給他玩，玩瘋的時候，小學長也是救星，當然我們們沒有辦法捍衛錢包和睡眠的意志不堅是很活該沒錯……但有人幫忙踩煞車真好啊……雖然兩位學長總能在玩樂時兼顧實驗，根本不用管我們的死活，關於我們的死活他們好像很關心又很不在意……不過這樣瘋狂的生活實在讓人受益良多。
學長們真的很厲害，感情好又有默契也很讓人羨慕，真正的好朋友其實也是可遇而不可求，但是學姐聽到我們的感想只是笑了笑沒說什麼。
還剩一個禮拜開學，還有三天進度報告，之前開玩笑學長一點表示都沒有……還以為兩個都不在意……
……好想睡……定序怎麼還沒送回來……大家應該都做不完吧……

※　碩一新生的證詞　※

打聽了很久，這間實驗室很有錢，老師給錢也給得很慷慨，也不會把學生留三年，也沒有派系或是壓榨新生的傳統……
我們進來的時候其實還蠻有自信的，之前上修課程的時候就知道，我們的能力不會比只大我們一年的碩二生差，但我們也做好心理準備，要示弱賣面子給學長姐以求過好日子。
結果進了實驗室，一半對，一半不對。

學姐們跟我們預期的程度沒有差太多，很好說話不虛榮是真的，雖然大部分的例行工作是我們跟大學部在做，但是這種傳統也不算壓榨，某些程度上還挺貼心的。

但學長們就不太一樣了。

博士班的大學長自然就不用說，讀到博二而且有望三年畢業的人程度當然很好，問什麼都答得出來而且講得簡單易懂實驗全能，簡直強得超乎想像。每次只要大學長跟老師討論起實驗，沒有兩個小時是停不下來的，而且我們幾乎都聽不懂。

比較意外的是另一位學長，實在無法相信他只大我們一歲，總是帶著優雅微笑的臉很親切，聲音也很好聽，重點是他的能力直追大學長。

往往我們做完實驗很得意，學長們替我們看數據檢討的時候，都讓人覺得非常汗顏……缺點很多不說，兩個學長以前的數據漂亮非人也是重點，自始至終不算指責的專業態度以及不驕不餒的表情也讓我們覺得自己很幼稚。

而且，兩個學長出乎意外的能玩，非常非常的能玩……不敢相信這兩個這種玩法怎麼還生的出實驗數據，一般人早就仆街了。

該怎麼說……這果然是間神祕的實驗室，還是說實驗室果然是臥虎藏龍的鬼地方？

雖然不是沒有試圖平衡兩位學長所帶動的風氣，但是一來他們兩個感情實在太好，第二點是，他們是學長，而且是很聰明且深受老師信賴的學長，他們兩個連成一線，想推翻他們就很困難，更何況還有求於人。

剛進來的時候對兩個厲害的學長深有防備，雖然兩個都很親切，帶著我們玩到趴也從未虐待過我們，久了之後當然很喜歡學長們，比起空洞沒腦的同學，經得起比較的學長們無疑更吸引人。

同屆的女生一個想追小學長一個想追大學長，而且已經完全相信兩個學長是真正的好人，整整人開開玩笑誰都會誰都做過，這沒有什麼。

但是，隱約的覺得有問題，有種怪怪的違和感，雖然學到很多每天都很忙是理所當然的，但在兩位學長的笑容背後，總覺得好奇怪啊……

✤ ✤ ✤ ✤ ✤

「學弟，快開學了呢，直升的事你跟老師談過了，考試也考了，東西準備的如何？」

洗完澡的學長，用乾毛巾擦著頭髮，半趴在沙發邊緣的學弟跟貓窩在一起，看著攤在地板上的文件，裡面是各式各樣的數據與圖表。

「都弄好了，就等時間到交出去，今年的新生你覺得如何？」學弟抬眼看向坐在地板上靠著他的學長，又移動著攤在地面的紙張審視著。

「還不錯，不太笨，你帶得不錯啊，他們很快就進入狀況，實驗做起來也大概有個樣子了……嗯？這個線好熟悉……該不會是用他們的數據跑的吧？」

「呵呵……看起來還不錯？」

「是還不錯，只是能再漂亮一點就好了……欸欸，那邊那張拿過來給我，原始數據是……學弟，你看這個，跟我們的假設好接近。」

「那個我看過了，你再看這幾張，我現在正在思考怎麼把數據連貫起來……不枉我花費時間鍛鍊他們，後面有幾個點做得真漂亮，配合我現在手上的實驗，可以好好整理個題目投稿了，下學期申請一通過就可以請老師看看，很快就……學長？」

用手指翻動的文件被學長推開，學弟有些疑惑的以為學長要說什麼，在轉頭時撫上臉頰的手，以及貼近的氣息卻是再明白不過。

帶著水滴的吻有著沐浴後以及夏夜該有的清爽，原本微涼的手指，在碰觸之後輕緩卻明確的增加了溫度，帶著香氣的嘴唇柔軟地含吮、熨貼，細細啃咬的牙齒刺激著嘴唇與身體。

「……你該去洗澡了。」學長微笑著，輕輕分開。

雖然很眷戀，但學弟還是想掙扎一下。

「再看一下就好，剛剛好像想到了什麼，嗯？」

「你還有半年，一點都不急……。但你如果現在不起來，我今晚就要回去了。」

「嗯嗯……有問題，怎麼了？」

面對學長燦然微笑的威脅，學弟伸手重新把人帶回來。

「就算小朋友再好玩有趣再怎麼好用，我比較希望……你現在想的是我而不是數據。」

學弟愉快的輕柔笑聲滿布室內，吵醒了一直蜷在他旁邊的小花貓。

「知道了，那麼……陪我洗澡？」

「不要，我已經洗過了。」

像是早知道學長的答案，學弟笑開了臉，手一帶，翻身就把學長壓在沙發上。

「那麼……就先把你弄髒，然後……你就會需要跟我一起洗澡了。」

然後，學長還沒來得及抗議這種賴皮的行為，學弟熟練的愛撫讓他破碎的語句只剩下喘息與單字，在被壓抑的聲音裡懊惱學弟又一次的得逞……

第二章　遙遠的騙局

快樂的時間，總是過得比痛苦的時間快，當一個人忙碌的時候，時間這種東西更是「咻」的一聲就不見。

開學之後的月底是學弟的生日，對學弟來說，這種砸重金且難得的豪華生日，的確是可遇而不可求，能夠聚集大師們調整時間，學長所花費的心思，明顯而豐厚的讓人忍不住微笑，那群古靈精怪的老頭子聽到學長的請求，臉上的表情應該是曖昧的毫不客氣吧。

學弟心裡想著難為他了，說出口的卻只有飽含快樂的謝謝，學長看著學弟的表情則報以燦爛頑皮的微笑。

只要在身邊就會覺得滿足平靜。

即使只是兩個人坐在沙發上靜靜的看電視，泡茶與喝茶，忙完實驗之後一塊倒在家裡的地板上發呆跟笨蛋一樣，連為很小很小的事情拌嘴爭吵都很快樂。

快要考期中考前，學弟難得的重感冒全身無力，學長半是取笑的認真照顧也讓掛著微笑的病人感到溫暖，雖然學弟有千百個理由不想讓學長照顧，也不覺得需要，但這種放開自己去依賴的感覺很好……學長比想像中好很多的廚藝也是令人驚訝的新發現。

「學弟，學長呢？」唯一留下來念博士班的學姐G，現在成了實驗室唯二還能叫某人學弟的重要人物，每當學弟在嘗試新生的壓力臨界值時，還能理性勸阻學弟的G子，對新生來說是不崇高卻非常可靠重要的存在。

「去長庚借儀器了，還要順便去一趟中研院，最近有研討會，老師希望學長能再弄一批數據出來。」帶著無粉矽膠手套的學弟坐在實驗台前，冰上躺著近百支的的樣本。

「這樣啊……好吧，那也只能等明天了……所以，學弟，你現在在做什麼？」眼前的學弟感冒剛好，好在今年十一月底的天氣沒去年冷，不然怕冷的學弟感冒應該很難好。

「處理樣本，這批東西我跟學長兩個都會用到，分工做會比較快也比較輕鬆不是嗎？」

「嗯。你病毒拿去活化感染了嗎？昨天老師突然問，你暑假的那批樣本分析了沒有，似乎想看數據，也許會再問你，說不定是跟你的申請有關。」

學姐G一邊說著一邊拿起手套，幫學弟整了整實驗台跟藥品。

「哼嗯……我覺得不是，大概又是跟研討會有關吧，學長的東西還需要一點佐證，會比較有公信力，我那批東西順利的話加進去會更完善，所以老師才急著看。對了學姐？」

「什麼事？」

「最近碩一跟大學部就拜託妳了，儘量使喚他們，我這邊不可能讓他們動，讓他們太無聊也不好，趕畢業的同學想必也沒空。」學弟趁換Tip[2]時稍稍活動手指休息一下，回頭看向對話的學姐G，才發現學姐臉上揚著笑意。

「學姐？」

「其實你還挺疼那些新生的，雖然平常看起來一點都不像。」

「沒有那回事，不像是當然的。」

學弟嘴上應著，轉頭繼續做實驗，也不知道是真的很忙還是不好意思。

學姐G看到了也只是笑笑不多說什麼，回到自己的位置上打開電腦整理起資料數據，認真面對投稿與點數的問題，想起學長前陣子接二連三的投稿，以及他早就爆了的累積點數，G子就實在很想知道學弟對此有沒有壓力，作何感想。

✤ ✤ ✤ ✤ ✤

等學弟知道的時候，已經是很久之後了。那是在他們度過在一起的第二個聖誕節之後，他心不甘情不願的提早回家之後，因為過年的電話才知道的。

您撥的電話沒有回應。

[2] Tip：微量吸管尖。

一月末的時候以為是學長忙，以為是忘記充電，事實是這種情況其實很多……但學弟不想因此打回實驗室找人，雖然理論上一定找得到，可並不是個好選擇……所以學弟決定晚點再打，等學長發現手機沒電，不等自己打去，學長大概也會打來。

只是，等了很久。一而再再而三的聽到沒有回應的電子語音，學弟開始懷疑學長的手機是不是掉了找不到，然而，學弟也很明白這不是他沒有接到電話的原因。

年初三，學弟翻出實驗室的通訊錄，撥通了學長留下的台北聯絡電話，印象中應該是學長的祖父母家的電話。

「喂，恭喜新年好！請問找哪位？」

電話彼端的聲音很歡騰熱鬧，接電話的聲音則頗有年紀，在詢問人在不在的時候，電話彼端先是一陣沉默，然後才為難的回答他。

「你是他學弟啊……真不好意思，他人現在不在台灣，是很急的事嗎？」

「應該還好，因為是同學會，所以要及早聯絡。請問，他大概什麼時候會回台灣？」假裝成不知道實情很久沒聯絡的高中學弟，拿著電話溫文有禮的聲音很乖巧很乖巧。

電話彼端似乎對美好聲音的主人感到更抱歉，老人的聲音裡有為難也有難過。

「這個……我也不知道，那孩子突然就畢業，突然就出國，說什麼找到了一個很好的學校跟很好的研究室，為了不當兵連國籍都不要了……我們勸了他好一陣子……抱歉，讓你聽了老人家多餘的抱怨，但什麼時候回來真的不清楚。」

學弟對於自己當下的冷靜感到意外，首先想到的是大概連MSN也被封鎖，只為了讓自己找不到人。

「嗯……那麼，有他在國外的聯絡方式嗎？實驗室的或學校的，如果方便的話，能給我他在國外的住家電話或是手機嗎？因為同學會是在暑假，現在聯絡也許還有機會大家聚一聚。」

「啊，電話嗎……我記得……請等等……他有留學校跟住家的，兩個都要嗎？」

「嗯，謝謝您。」

學弟拿著紙筆電話坐在窗檯邊，親切活力應答的聲音就像是別人，抄寫複頌電話的愉悅感謝，在沒有波動的冰凝眼神裡也很虛假。

收了線，學弟將手中的紙條拿到視線平高的位置，盯著長長的數字很久很久。

學長是認為我不會留實驗室的通訊錄，不會向人詢問聯絡他的方法，還是不會打到他家？沒有回應的手機是真的沒在使用，學長算好了自己能等待忍耐的時間，然後完成口試，論文定稿，辦完離校。

然而，放棄國籍的手續不是一兩天就能做到的，也不是一個月。

擁有雙重國籍的學長，也許花了比自己所想的還要多的時間在辦手續。

也許早在他替我過生日的時候，也許是我在替他過生日的時候。

而現在，他能如此完美的畢業申請到國外的研究室，自己居然還是幕後功臣，兩人合作數據的美麗曲線如今看來刺眼無比。

長長的電話，有國碼，有區碼，有分機，無法得知電話是不是來得太容易，不知道現在是生氣，震驚，還是難過……

摀著臉，突然覺得好累，離開的那個人，也許永遠不會再回來了。

不知道他為什麼離開，可以提供答案的人在很遠的地方，而他現在一點都不想撥通那個電話。

想知道答案，不想知道答案，以為明白他喜歡自己的心情，卻在離開之後看起來像是報復。

如果是遊戲，每一個當下都是真心的，享受樂趣是目的，如果追求的是性，至少有做愛的快感，至少是快樂的。

一直以為那個清冷月夜裡讓人燃燒的認真眼神是真實的。

是一開始就深謀遠慮，還是，我讓他需要深謀遠慮？

電話彼端的聲音是真實的，還是謊言？

這是需要報復的事嗎？學長是這種人嗎？我真的了解每個夜晚在我懷裡的人？

生日的那個夜晚，美麗的鋼琴聲，臉紅的樣子，輕輕索著吻的聲音，抱著貓窩在沙發上的身影。

為什麼要離開……好想知道，不想知道，是太突然，還是哪裡出了問題？

在我漸漸改變了之後離開，一開始就道出我的心態……為了報復用那麼美麗的眼神改變一個人。

不想相信是報復，不覺得學長會做這種委屈自己又缺乏建設性的行為，卻也找不到答案。

來得太容易的電話號碼是提示嗎？

夕陽隱沒，頂樓最後的光華漸漸消失，步入黑夜，響起風聲。學弟靠在窗台上，完全不想動，輕輕闔上眼……任由黑暗吞沒自己，以及手上平整依舊的字條。

兩天後。

學弟早早回到租屋處，進了電梯，在靜默注視良久之後按了九樓。

打開門，一切都跟以前一樣，只是，沒有人，沒有貓，拔了電的冰箱是空的，沒有貓罐頭也沒有貓餅乾。

拆開的電腦硬碟已經被帶走了。

輕輕緩緩的逛了一圈，離開，上鎖，回到六樓。

放下貓籠，沙發上放了一袋貓食，冰箱多了點東西，房子裡屬於他的東西一件都沒帶走。

也許不會再回來了，這個國家唯一還跟他有關的東西，是樓上的房子跟他的親人，自己不知道該算什麼。

想處理掉房子，只要打個電話就可以，有錢什麼都不難做到，沒有帶走的東西是不是表示著要丟不丟隨便你的意思？與其花心思帶走，也許在國外已經有一整套新的了。

不知道自己呆呆的站在客廳中間凝視多久，小花貓在貓籠裡的抗議聲讓人清醒，輕輕說了抱歉把貓放出來，看著牠跑開之後又走回腳邊輕輕磨蹭。

心裡覺得溫暖，卻無法微笑。

將貓食從沙發上掃落，任由物品四散滾動，學弟讓自己抱著貓在沙發裡陷落，感受手上柔軟溫暖的體貼，以及冰冷沸騰的憤怒。

理性還在，還算冷靜卻無法平靜，現在這種遠超過生氣，無法形容的情緒是憤怒……很多很多年以前曾經有過的情緒，幾乎忘記。

如果放任自己理性瓦解似乎能做很多事，有點想看，好像會很痛快。

又不是那麼想。

放下貓，穿上外套，鎖門，不在乎是否超速的騎著機車飛車回到學校，一邊脫著手套一邊步入實驗室所在的迴廊，腳步聲清寂迴盪，實驗室上鎖的門以及漆黑的室內讓學弟知道他是第一個回到實驗室的人。

點亮室內所有的燈，學弟的座位旁邊有張清空了的桌子。

學弟強迫自己先去打開窗戶，然後，才走近那張桌子。

完全沒有東西的桌面被仔細的擦拭過，輕輕敲擊桌面就會發出空洞的迴音，抽屜也被淨空了。

而自己的桌上，放著實驗室眾人遲到的賀卡以及禮物，恭賀他直升被錄取的事，恭喜他成為博士生。

第一次，覺得這些東西刺眼至極，很明白學長為什麼挑這個時間，一直隱約知道，卻不想去發現。

他走不了，在畢業以前，他走不了，直升如果無法畢業，過往的努力全部都會成為泡影，繳了學費，卻什麼都沒有得到。

好想當面，向他詢問每一個答案。

第二天，第二個回到實驗室的是G子，她進實驗室的時候，很多儀器都在運作，實驗台上放著冰和藥品，學弟正封完最後的一片片子，而學弟的螢幕上，重疊了很多數據和比較數據的圖表視窗。

忙碌，充實，認真，專業，但是很瘋狂。

而她知道原因，雖然她也不知道是怎麼回事。

「學弟，這麼早就回來？」

「嗯。」

「你還好吧？」

「死不了。」學弟從離心機裡拿出eppendorf，又放了一盤下去。

……不是沒事而是死不了啊……

「你跟學長是怎麼回事？」之前明明還好好的，突然之間，人就已經畢業拿著推薦函去國外了，更別提多久之前就開始跟對方的實驗室溝通與申請。

「不知道。」學弟退掉Tip的聲音一瞬間有些凶惡，沉穩溫和如昔的聲音少了些溫度，不想多談。

G子不由得輕嘆息。

「抱歉……也許我應該打個電話給你，不過，現在也不知道他去、」

「沒關係。」學弟打斷了學姐G子基於安慰的歉意，因為沒有必要。「沒有關係，你沒有告訴我的必要，學長真要跑的話你們不會知道也是理所當然的。」

「那你呢？找得到嗎？」

「應該可以，也許。」

「那你要去找他嗎？」

「沒時間。」

「博士班有兩年的休學機會，不要休一年，休一個學期就好了。」

「休學⁉然後呢？找到人又如何？低聲下氣哭著求他回來？彷彿冷靜卻迫切的追問他每個原

因？為了這個浪費半年的時間就能改變什麼嗎？尋找原因不是這樣。」

「……那你想怎麼做？」

「……不知道，」解決完一盤eppendorf，加完藥品，喀喀喀喀一口氣麻利的蓋上蓋子，學姐的問題讓學弟停留在實驗桌上的視線凝定沉默。「我不知道。」

✤ ✤ ✤ ✤ ✤

開學之後，與學弟同屆的同學以及學姐早就做好了心理準備，碩一生以及大學部有些不習慣大學長已經不在的這件事，實驗室原本歡樂的氣氛就像是從來不曾存在過。

因為有大學部，所以學弟稱不上是唯一的學長，但他現在，的確是唯一的博士班學長。

學弟還是在微笑。待人，回答問題，指導，偶爾也用輕柔低沉的聲音逗弄新生，說個笑話，好像就跟以前一樣，幾乎看不出破綻。

新生們沒有感覺到，那總是好看又具有欺騙性的笑容在眼角流失了溫度，只是在實驗室的日漸沉靜，以及學長與日俱增的壓迫感裡察覺到異樣。

實驗室裡的一切在少了嘻笑聲後，顯得沉著、冷靜而專業，老師對此很滿意，學生對此則是有苦難言，當某人專注在事情上不言不語的時候，除了壓迫感還有更為強烈的鬼氣。

所有大學部的專題討論題目在學弟的監督下完美的進行著，沒有人會討價還價，沒有人敢不認真或是打混，因為即使他們眼中的學長仍舊親切和善，也許是殺氣的東西卻騙不了人。

他們都很想知道學長是怎麼了，卻又不敢問，工作是變多了，學長的態度是變嚴厲了，強烈的壓迫感與殺氣讓人很不好受……但他們還是不敢問，不知該如何開口，也怕問了之後會更慘。

「不要這樣，你應該知道實驗室現在變成什麼樣子!?」學弟的同學甲在大學部與碩一都去上課考試的期中午後，忍不住如此的說道。

「管好妳的論文。」學弟在碩一時超修博士班的課，升碩二的那年暑假過後順利直升博士班，現在的他是博一下，已經幾乎修畢博士班的所有課程，在他冷淡且不客氣回答的同時，電腦裡又是一篇要投稿的文章。

「這個不用你擔心！」被學弟如此回答的同學甲很生氣，一把抽走學弟的鍵盤。「你現在到底是怎麼樣？這麼想知道這麼介意就去問個清楚啊！也許你覺得我們的擔心是多餘的，那你就當作我們是為了自己好了，你壓得每個人都喘不過氣！」

「妳也是嗎？」不習慣跟女性動手的學弟眼看搶不回鍵盤，無奈的放下手，轉過椅子。

「學弟妹不知道實情，只覺得你變嚴厲了，但是我們看得很難過。你跟學長到底是怎麼了!?你知不知道你現在是什麼樣子!?」

同學困擾認真得幾乎哭出來的表情，讓學弟不自覺輕輕笑開了臉。

「我現在是什麼樣子？」

「鬼樣子！好像連眼睛都在笑的時候卻有殺氣，跟變態一樣！」

「這樣啊，鍵盤還我。」學弟伸出手，同學則是把鍵盤又往後拿了點。

「先回答我的問題，怎麼回事？」

「知道了妳又能做什麼？勸我好好跟他溝通，勸我去找他，勸我忘了他，出去散散心，找個新對象，勸我想開一點？既然妳什麼也不能做為什麼要知道？」

同學甲一時為之語塞，學弟說的的確是實情，這種勸誡安慰好像真的是如此虛偽而無用，如果是如此的不需要，自己知道是否只是出於多餘的私心？

「……學姐跟我說你不知道原因，而且似乎也不想問，所以……現在你知道了嗎？」

學弟沉默，不想回答，無言的伸出手，看著那個拿走他鍵盤，一而再、再而三的向他詢問的同學。那個短時間不想想起來的問題……

學弟沒有問，所以現在的他還不知道答案。

對於沉默感到無力，或者，沉默就是答案，同學甲有些生氣的把鍵盤用力放回那隻手上，轉身就想走。

「……畢業之後，妳會留下來當助理嗎？」

「……跟你沒有關係吧同學。」

同學背影裡的聲音忿忿難平，學弟多少知道自己太過分，可是他不想講。

「我會收斂一點，剛才很抱歉。」

同學碎碎唸著你知道就好，一邊還是沒有平復的坐回位置上。現在是四月，然後是五月，口試的月份，六月，同學就都畢業了，留在實驗室的也只剩下學姐跟自己而已。

很想問，一直，都很想問，但總覺得……輕率的詢問之後一定會後悔，如果太容易問出口就會失去動力。

看著幾乎打完的文章，卻已經沒有寫完它的動力。心思與注意力沒有辦法回到資料上，腦海裡只剩下抓不到重點的無盡思考與煩躁。

閉上眼，輕輕呼吸，將檔案再次存檔，備份一份，硬是要忘卻的疲勞讓他有回家的衝動……最近……他是實驗室最早到也最晚走的人。

收了收桌上的東西，把Paper放進資料夾，在稍微思考之後關上電腦，離開實驗室，騎車回家。最近，比較少開車，也許是天氣熱，也許是機車比較好找停車位，也許只是想吹風。

不可否認的是騎機車比較有快感，或許自己只是在發洩。

白晝一天長過一天，更別提現在其實還不到下午五點，一回家，小花貓很親切的看著他，喵喵的叫著要求晚餐，喜歡撲抓人腳的習慣還是沒能完全改過來。搞定貓，學弟強迫自己打起精神洗完澡，吹乾頭髮，倒在床上。

一點都不餓……也許睡一覺之後就會想吃了。

只是閉上眼，想到的卻是剛才被反覆追問的問題。

無法確定，這麼做究竟有沒有用，也不知道，計畫是不是就能順利……很想問卻沒有問，不想打電話……如果仰賴科技跨越距離，很多東西就會這麼的隱藏在看不到的地方，也許……是我，也許，是那個接起電話的人。

好想見他，好想問他，現在的我有他留下來的錢以及也許是故意留下來的電話，而要找到一個人，這些也許已經很足夠。

電話裡，有國碼，有區碼，有分機……

只要再一下就好……雖然名額很少，可是應該沒問題……不管是哪一種答案，我想當面看著你告訴我。

你帶給我很多東西，而我還沒來得及跟你說謝謝，也沒能說再見。

✤ ✤ ✤ ✤ ✤

五月口試前的時候，學姐與同學們終於知道了學弟的計畫，雖然不是經由學弟親口告知，但他們還是很高興，彷彿比學弟本人或是老師還要高興。

也依稀明白學弟之前常常去找老師，既上課又拚命做實驗為的是什麼，也深深的覺得，這個傢伙這種時候還這麼理性貪心實在是瘋狂的匪夷所思。

「本來以為，你完全不想談，不想聽，不要命似的上課做實驗只是想麻痺自己，真高興你沒有放棄。」

「嗯。」有些事情確定下來，臉上才笑得出來，雖然學弟的目光還是沒有看向坐在他旁邊、已經口試完確定畢業的同學們，但至少臉上柔和的笑容很真實。

「說實話……想問你一件事。」

「什麼事？」

「你為什麼在這之前完全不願談起這件事？」

「……我不想讓自己陷在情緒裡，雖然多少還是有一點，但我不希望失去動力。」

「……你知道學長人在哪裡嗎？」

「我有學長的電話，很久之前從他的家人那邊拿到的。」

「你有電話幹麼不打⁉」

「我不想打電話，那是個很差的方法。」

問話的同學乙一瞬間很無力，看學弟的眼神跟看白癡一樣。

「我還以為你是從老師或是系助教的口中打聽到學長是去哪個學校，結果只是拿到電話⁉你根本不知道學長人在哪⁉」

「國際電話裡，有國碼，有區碼，有分機，」同學直接的反應澈底的逗笑了學弟，臉上燦爛柔和的笑容讓她身邊的同學一時看傻了眼。「不用問也能知道，只要上網查就能知道。」

「學長現在人在美國。」

準備的工作很漫長，找到人的所在反倒是最簡單的，與告訴同學的方法略有出入，學弟其實是一半上網找，另一半，撥通那個電話。

在國際電話層層語音轉接的時候，很自然的就能知道在美國的哪裡，學校電話的服務導航語音也能讓你知道這是哪個學校，而學校的網頁則能讓你知道那個分機是屬於哪個老師。

知道學校也就沒有查不到地址的理由。

學弟只是花了點電話費，然後，不斷的準備跟等待。

然後他得到了機會，同時也準備另外一個機會。

在確定能出國之後要辦的手續就很多，學弟確定之後的第一件事就是回家，把要出國、要辦護照以及需要四處跑才能解決的事情全都告訴家人。

父母在聽到消息的時候非常高興，但心情也非常複雜……小孩子能出國當然是很好，但現實的情況卻不允許他們如此做。

學弟只是淡淡的告訴他們不用擔心，卻沒有告訴他們自己有錢的這件事。

最後，學弟向來喜愛碎碎念的老媽以及相對沉默的父親終究還是答應了，也願意幫他辦這些手續，而碎碎念的母親一邊持續的碎碎念，一邊拿走了他的印鑑、身分證，一邊警告他記得要接家裡的電話，就把學弟趕回了學校。

學校裡的相關手續，學弟則一律推給了學姐和同學，除了他一定要去要參與的事情，一大堆的事情裡他只負責簽名。

然後，等待，準備要帶去的行李，持續著即將做完的實驗，修改稿子，投稿，實驗室裡的交接與確認，由於同學都留下來當助理，所以在移交資料的時候輕鬆不少。

學弟幾乎忙到機票上的那個日期，然後，他坐上了飛往美東的班機。

✤ ✤ ✤ ✤ ✤

七月底。

「嘿，你現在有空嗎？」

「還好，什麼事？」

「有個學生來找你，不知道是什麼事。」傳話的女研究員聳聳肩，「我叫他等一等，你有空的話就出去吧，他現在在門口，你出去我就不用再走一趟。」

「就這樣？他有說什麼嗎？」

「不知道，我沒問，但他的笑容態度都很好，應該沒問題吧？」

「尤莉兒……妳笑得好奇怪。」學長無奈的看著一頭短棕髮的同事，闔上期刊報告，站起身。

「哎呀，難得看到這麼棒的男人，還很紳士很親切的對我笑。」

「天天看一整系的學生原來還不夠啊……」

「我對男孩沒興趣，當然，如果是你，我會很樂意的喔！」

「不，謝了，敬謝不敏。」

靠上椅子，穿越實驗室的操作台，置物架，隨著移動的視線穿越障礙物，然後在看到門口有些消瘦的身影時微微一呆。

學弟站在學長實驗室的門口，看著學長的神色從聊天時的輕鬆，看到他時的驚訝，在離他幾步外的距離駐足……

然後，很輕柔，很燦爛的漾開了笑容。

明亮到讓他忍不住捂著臉，那個笑容讓他一瞬間找到了很多答案。

氣息隨著腳步聲漸漸靠近，放下手，看著那個半年不見，如今卻近在咫尺的臉，很想伸出手，現在卻不適合。

「我來了。」

「我在交換學生的名單上看到你，你很努力……我們……先換個地方，走吧。」

學長回頭跟實驗室裡的人打個招呼，領著學弟穿梭在校園裡，兩個人安安靜靜的走著，一時間沒有人想先開口。

等待的不是只有自己而已，人所困惑的，有時是別無選擇，有時，是選擇太多。

我們都，計畫了很多，留下了很多，在彼此的人生計畫裡重疊，一起徬徨。

我在試著心甘情願的改變之後感受到了可預測的一切事物，會期待，會患得患失，在在意對方的時候忽略了想想就能知道的答案……即使那樣的日子對我而言不只是快樂。

真的很幸福……即使時間其實並不漫長，但還是對改變感到畏縮，猶豫，我已經得到了當初預想的東西，卻還想要更多，在徬徨間捨不得放手，想著自己還有時間想得更清楚。

然後學長留下無限的選擇，裡面有他的徬徨，也有我帶給他的不安與疼痛。

比起一直處在樂園裡的表象，忘卻了更基本重要的事物，在最後只剩下朦朧的習慣遺憾與痛苦……學長在選擇裡放下期待，期待看見自己的重量，彼此的決心，看見未來。

唯一不期待的，是我說出口的話語，言語會有欺騙，選擇卻很真實。

等待。

等待我終究毫無音訊而死心。

等待我在發現之後給了他一通電話，然後對我的行為有所覺悟而心死。

等待我休學去找他，然後在這種作為與結果裡感到失望。

或者，什麼都不放棄，等待我什麼都不放棄的抓住機會來找他，也許半年，也許一年……沒有電話，沒有通信，但即使什麼都不打聽，他會在期刊上不斷看到我的名字出現在第一作者的位置，在熟悉或是不熟悉的數據與圖表間看到過去的記憶，也許會在無人的時候一邊輕笑，一邊點頭思考，想起我。

想著我是否了解離開所想要表達事物，在一個人的夜裡擁抱比我更深的思念。

我開始懂了，雖然不是很完全，但這次將會有很多很多的時間。

「在想什麼？」領在前面的人輕輕回頭，非常高興的情緒從每個動作裡顯現，讓看見的人都能感受到快樂。

「很多。你現在要帶我去哪裡？」

「停車的地方，也許帶你在附近走走，或是買點東西……吶，到了，上車。」

靠近樹蔭下的車位很涼快，靠近研究大樓的地理位置很幽靜，學長解除了電子鎖，打開車門滑進了駕駛座，關上車門。

想著這好像是第二次坐學長的車，學弟微笑著，打開副駕駛座乖乖上車關門，還沒來得及說什麼，熟悉的手伸向自己，緊緊攀附著身體與氣息，貼上來的吻甚至有些瘋狂。

在路上忍耐的東西現在可以不再忍耐，彼此緊緊擁抱到疼痛窒息，在唇舌的吮咬交纏裡交換呼吸，喘息聲在車內的狹小空間裡被吞吐著，無暇嚥下的唾液輕輕滑落，在偶爾的短暫分離與舌頭纏弄間牽起銀絲，在扶住對方頸項的激烈熱吻裡激起溼濡的水聲，彷彿在學長熱切渴望的吻中嘗到看不見的淚水。

停不下來的吻，不想停下來，碰觸到體溫就會想要更多。

學弟覺得自己花費了比來美國還大的決心才把學長拉開，在喘息裡的學長微微一愣，意識到差點失控的事，本就泛著薄紅的臉更是紅豔動人，連頸子都染上一層柔嫩的紅，消失在誘人的領口。

強迫自己移開視線，閉上雙眼，學弟抵著學長的頭，感受到溼熱凌亂的氣息吹在臉上，一樣激動的喘息漸漸平復。

「……現在，要去哪？」

學弟染著慾望的瘖啞嗓音更見低沉，柔和的在本人都毫無意識之間透著誘惑。

學長輕輕沉默，酥麻的感覺從背一路到腰，其實哪裡都不想去了……

「……你住學校宿舍？」

「嗯，今天一辦完所有的註冊手續以及宿舍的事，就來找你了。」學弟輕聲說著，一邊輕輕蹭著學長的臉。

「……跟我住。」

「交換學生是受到登記的，」學弟聽著學長令人懷念的要求語調，低低柔柔的笑了，放開人，替學長繫上安全帶。「但是來自同一個國家同一個學校的親愛助教幫我開證明的話，就另當別論了……幫我開證明的話就能跟你住，學校只是想確定外籍生的住處與安全。」

「小事，不過就是張紙……去拿東西？」學長轉頭問著，熱車。

「嗯。以後，可不能害我遲到啊……」降下車窗，支著頭吹風的表情很舒服，瞟向學長的眼神笑得很壞。

「……推卸責任……你遲到的話我還能進實驗室嗎……？」學長不知道該笑還是該生氣的表情糅合在臉上，小聲的抗議辯駁。

學弟笑笑，沒有回答，到了宿舍門口學長才發現學弟根本就把行李寄放在管理人那裡，拿了就能走的東西一點也不多。

「……如果今天事情不一樣你怎麼辦？」學長看著學弟後座的東西，心裡又氣又好笑。

「不知道，我會很傷心……但沒想過該怎麼辦。」

學弟近在身邊的聲音有著遙遠感，淡淡的自嘲，還有事情告一段落之後會有的愉悅。

學長掛著微笑，重新升起車窗，離開學校之後夏季的氣溫遠比台灣乾熱，冷氣吹送，一邊開車一邊大致上解說著學校附近的地理環境。

學長家在學校附近的社區，獨棟有花園的房子開車約需二十分鐘。

放下東西，大致看了一下房子……學弟很快的洗過澡倒在床上，讓學長一邊覺得好笑，一邊留下笑容走進浴室。

等出來的時候，學長看到的是，閉上眼，側臥似乎睡著的學弟，已經又長長的頭髮垂在臉上，因為晝夜顛倒與疲勞的膚色看起來有種令人心疼的白。

「……睡著了嗎？」學長輕輕的撥開學弟垂在臉上的頭髮，手指很眷戀很輕柔的移動，輕聲的探問著。

閉著的眼輕輕睜開，伸手拉把人拉進懷裡，壓在身下，把頭埋進學長頸項間輕而深的緩緩呼吸。

「沒有，我在等你。」

「等我做什麼？」學長撫著學弟的頭髮，感覺那一直很好的觸感在手指的撫弄梳理間滑動。

「回答你剛剛在車上的問題。」

「……哦？」聽到學弟的話，學長的手指細微的停頓，復又重新輕輕眷戀的摸著。

「不管……今天最後是怎麼樣的結果，我都不會道歉……但我來，只是想告訴你一件事……不管最後我們是否能像現在……」

「……什麼事？」

「謝謝你。」

「……笨蛋。」

「嗯，謝謝你。謝謝你……我……時差還沒調過來，很想睡……所以也許我會夢到你哭了，醒了之後又什麼都不記得……」

「……笨蛋……」

硬是強撐著的聲音與意識在學長懷裡喃喃的消失，輕輕的晚安，在學長略略收緊的懷抱裡，為哽咽的聲音感到幸福。

第三章 歸去，歸來

睜開眼。

自百葉窗外偷偷潛入的陽光看起來很熱，像是午後的色澤。極度乾渴與虛弱的感覺，讓所有看到聽到的訊息都不太真切。

爬起來，走進浴室，冷水也沒辦法讓感覺變得更好，順便瞄到的時間居然是八點。

學弟緩緩走到一樓，從冰箱拿出冰水，坐在沙發上一口一口的喝著，有些意外自己就這樣昏睡了一整天……既然是北美，再天真也不會看到太陽就以為現在是早上八點。

昨晚懷裡的人當然不在，卻又快回來了。

喝水讓感覺好轉，卻還是有些恍惚，學弟一邊慶幸著自己提早來美國，一邊想著過了國際換日線又睡了一天之後的今天是幾號……理論上是八月一號開始上課，教授那裡也要去拜訪……

學長抱著兩大包紙袋走進門的時候，看到的就是學弟陷在沙發裡，緩慢而恍惚的喝著水的樣子。

「我回來了。」

然後學長看到原本有點呆滯的學弟，轉過視線，輕緩而確實地，對回來的他報以溫柔而歡迎的微笑。

「歡迎回來。」

低緩震盪的溫柔聲音穿透聽覺與身體，學弟放下水，走向回來的人，還是有些恍惚疲倦的狀態讓學弟的動作有些遲緩，看起來卻更可愛更柔和。

帶著笑，學弟很自然的接過學長手上的東西，輕輕貼上歡迎回家的淺吻，在學長淺淺的笑聲裡把東西放在流理台上分類。

「剛睡醒？」

「嗯。」

「你這樣好像會走又會飄的木頭。」

「現在比較像是死後重生的感覺……所以應該是死後僵硬……」

學長呵呵笑著不予置評，總之差別只是植物的屍體或是動物的屍體。

「還是很累？」

「不知道，睡太久，感覺錯亂。」

「吃點東西再回去睡？」接過學弟處理好的東西放進冰箱，學長拿出牛奶跟穀片放在學弟面前。

「短時間不要……」學弟拒絕的聲音彷若呻吟，把穀片推回學長眼前。「用牛奶煮個濃湯，有菇類也有魚，加上馬鈴薯跟花椰菜，這樣可以嗎？」

「你是大廚，我沒意見。我有冷凍的馬鈴薯丁，用那個你就不用削馬鈴薯皮。」

聽到學長完全不考慮幫忙削皮的發言，學弟忍不住為這種任性裡夾藏著關心的發言而笑著，其實也就是比較快比較方便，想讓自己早點去休息，把時差調過來。

「今天幾號？」炒著麵粉糊，奶油的香味飄散，一點一點的加入牛奶，和勻麵糊，放入馬鈴薯跟菇類輕輕燉煮著，學弟把花椰菜扔進另一個鍋裡燙熟，一邊問著日期。

「二十八。好久沒有這樣跟你待在廚房裡了，不知道為什麼好懷念。」

抹了鹽又灑上香料的魚片扔進已經預熱好的烤箱，學弟柔緩的調和著濃湯調味，撈起燙好的花椰菜。輕輕的嚐了兩者的味道，然後把口中的東西哺進學長原本掛著淺笑的嘴裡，感覺到學長小小的受到了驚嚇。

「我可以把這個當做暗示嗎？你要懷念的東西好多。」

「……味道可以了。」紅著臉，雖然很想半挑釁的說是，但學長最後還是決定去拿碗。

嘻嘻笑著，接過學長手中的碗，兩人份的晚餐其實很簡單。

只是這個家裡沒有茶葉，讓人懷念已久的兩人晚餐缺少了更為熟悉懷念的茶香，令在餐桌上喝著牛奶馬鈴薯濃湯咬著花椰菜的兩個人一邊吃一邊笑，學長還是喜歡喝甜奶茶，還很得意的說他加糖的量連喜歡甜食的老外都受不了，學弟則是曾經在實驗室煮過苦茶，然後騙一整個實驗室的人喝下去。

「什麼!?老師也喝啦？」

「老師有跟我說謝謝。」

哇靠……就算老師本來就是比較好奇的人被騙到喝苦茶還說謝謝會不會太……

「因為全實驗室的人都喝了，苦茶很健康。」察覺學長的心思，學弟笑笑的接下去。

「……你也喝了!?」

「面帶微笑一口一口很悠閒的喝下去。」

「我……我還以為你是壓力大為了整人特地煮的……」

「一半是，我有點想試試是重點。昨天那個跟你聊天的尤莉兒，如果跟她說這個飲料有助於控制體重油脂代謝與健康，一天三杯她也會喝吧？」

這麼快就開始物色受害者了嗎……等等……？

「你在吃醋？」

收走學長前面的空碗，學弟沒有承認也沒有否認。

「你那時候笑得很開心。」

「……好難得。」學長拿出裹滿厚巧克力的蘋果糖，臉上愉悅的笑容比糖還甜。

「異性戀的對象只要擔心同性，同性戀的對象還是只要擔心同性，學長你是雙性戀……」洗著碗盤的人嘆了口氣。「我的敵人好多好多啊……」

「很擔心？」把蘋果糖湊到學弟嘴前，一如往例的看到學弟在沉默很久之後，像是下了天大的決心般皺著眉頭咬了一小口。

「不會，只是想說給你聽，我會在意。」也會注意，但我知道愛我的你沒有讓我介意的必要。

收拾完，學弟也沒忘記在學長充滿甜味的唇上低頭偷幾個吻。

「沒有茶真可惜……看到你就會非常想喝茶。」學長臉上透著嫩粉紅，吃甜食的速度還是一樣的流暢快速。

嗯……這樣到底是該高興還是該難過呢……

「明天去買？市區應該會有吧。」

「啊，也好，我今天幫你辦好手續了，你飯前為什麼問日期？」

「八月一號要開始上課，我在想我還有多少時間揮霍。」

「也是，你才剛來，」學長任由學弟環住自己，沾著糖份的手指探入學弟的口中，感覺那溼熱柔軟的舌頭舔過指尖，牙齒輕輕的啣咬，「那現在？」

握住學長不安分的手，學弟低頭在學長的脖子咬了一口，聽到帶著疼痛的誘人哀鳴。

「應該是『照學長預定計畫』的來個飯後運動，沒有吃太飽果然是正確的……學長？」

「嗯？」

「如果不想在廚房的話，手還是安分一點放開會比較好。」感覺到學長的手在背脊緩緩的撫摸按壓，學弟帶著笑意，輕聲建議。

「……房子是我買的。」

這個意思是無所謂還是請隨意呢……

事實是，除了第二天兩人有出去採買，到八月一號之前的這幾天，兩個人都沒有離開過屋子的大門。

在這幾天裡，學弟很迅速的克服了時差問題，至於學長，身體早就習慣克服時差，所以完全不記得有這個問題。

「一年後你要怎麼辦？交換學生只有一年不得延期。」幾天前買回來的衣服一件都沒有整理，學長一邊問者，一邊拆掉牌子。

「以修業年限的下限畢業，當一年兵再回來，如果是這樣，在這段期間內要跟學校還有老闆打好關係，再多發幾篇Paper。」

「老師不放人怎麼辦？」故意這樣問的學長，笑得很壞心。

「修國際雙學位，再回來，畢業之後再回去當兵。不過學長都能走了，我不行的機率很低。」

瞭解學長故意想問的意思，學弟回答的很從容。

「……不管怎樣都要消失一年啊……」

「完全不考慮我放假的時候回來看我？」

「不考慮。」總覺得只有那幾天，之後只會更難過。

「這麼相信我？」學弟把分類好能丟洗衣機的衣服扔進洗衣機，才發現學長幫他買的衣服比想像中的多，冬衣厚暖的料子更增加堆疊的體積。

「非常相信你。」

學長既得意又燦爛的笑容，讓同樣掛著微笑的學弟，不知為何的有些不好意思。

「冬天的衣服會不會太多了？」學長還在拆著牌子，而自己身邊則又堆起了一座山，各式各樣的厚外套以及需要吊掛的衣服，幾乎耗盡了木質衣架。

「相信我，怕冷的孩子，到時候你還會嫌不夠。」

學長笑笑地把輕暖的喀什米爾羊毛圍巾圈在學弟脖子上，打了個結。

「這樣很熱。」學長逐漸貼近的溫熱氣息，意圖非常明顯。

「等一下就沒感覺了。」
「衣服多到洗不完。」
「總會洗完的。」學長笑盈盈的聲音吐氣如絲，一下一下的咬著學弟的嘴唇。
「不是有人說著不要了？」
「換我來你就不會聽到了。」

✤ ✤ ✤ ✤ ✤

八月一號，刻意提早出門的學長讓學弟在路上試開了一小段路，順便討論到底是要簡單拿個州駕照，還是認真的去拿國際駕照。

至於實驗室，除了尤莉兒因為對親切紳士的帥哥念念不忘，所以有些懷疑兩人的關係之外，實驗室的人則很好奇三天不在的同事去了哪裡，對即將加入聽說能力不錯的新進研究生感到有興趣。

「……欸？」

「什麼，你不知道？能讓老闆答應收他真的很了不起。同時申請的還有很多人，學校裡的更是多到不用算，所以真的很好奇。」

原來學弟的企圖還不是一般的大，死命做實驗發Paper讀書考試為的還有這間實驗室啊……

「他是大學畢業考碩士，一年後又直升博士，在這裡的一年結束後就可以畢業了……嗯，他在研究所期間以第一作者發表的總點數大概是一百五十點左右吧，我沒仔細算。」學長接過同事遞給他的資料，實驗計畫書上充滿了老師質問的豪邁書寫體。

同事們聽著點點頭，也就是說，這位新生對實驗室來說將是位兼具產質與產量的生力軍，老師決定讓他加入這個團隊，該不會期待這一年能解決個什麼超級難題？

「那他是個怎樣的人？聽尤莉兒說看起來個性不錯，至少可以期待他好相處吧？」同事們一邊問著下一個問題，一邊想著反正拿作者名去搜尋，很快就會知道他有多少本事。

「好相處，只是偶爾會惡作劇。他晚一點就會出現了，你們不覺得在了解新成員以前，先解決老闆一大早就扔在我們桌上的東西比較好嗎？」學長苦笑著揚了揚手中的東西，換來同事們認命的以早餐咖啡舉杯、丟垃圾，離開研究室走進實驗室。

學弟今天的課只到中午，當他走進實驗室的時候，一群剛好有空的人很興奮的圍上來，一起說的英文此起彼落有快有慢難以分辨，學弟發矇的稍稍一呆，等弄懂怎麼回事的時候，學長已經排開人群笑笑的打哈哈拖著他就閃往學生餐廳，而身後的戰局自然也就轉移到餐廳。

「嘿，你這樣就不對了，就算他以前是你學弟，他現在未必對你做的東西有興趣，我這裡比較缺人手。你覺得呢？你對哪個題目比較有興趣？」

「等我跟老師討論完大家就會知道了。」學弟笑笑的四兩撥千金，橫豎上意不可測這件事也是事實。

確定套不出話，繼續聊天的話題就變成實驗室介紹跟自我介紹，最近學校的新儀器，期刊上看到的新方法，老師最近想到的神祕點子……至於實驗室的趣聞，即使是同一個實驗，也是能在不同的人手上發生不同的蠢事，然後越聽就會越蠢。
當然再蠢都不會笨到被老闆發現。
下午，老師出現在實驗室與研究室，非常迅速的搞定了新成員的研究方向與歸屬，結果當然是幾家歡樂幾家愁，但是學長沒能直接獨佔學弟這寶貴的新進戰力，還是讓其他人失落的心情獲得平復。
拿到題目與方向的學弟回家之後有些哀怨。
「題目不錯啊，又能與你之前的實驗銜接起來。」
「是很有趣……我今天查了不少東西，也看完了學校的公用儀器使用資格……可是我本來想多怠惰幾天，就算不能度假也讓我輕鬆點……」
「挑了這麼高的目標你還想怠惰，真不簡單啊。」
「那又不衝突……曾經，我連研究所都不想考。」
「那現在？」
「還是無法預知的人生比較有趣啊……」懶洋洋的學弟帶著微笑，把加了白蘭地的甜奶茶放到學長前面。
「是我最近口味變重了嗎……感覺比以前不甜了一點點？」滑順入口的甜奶茶跟記憶裡的一樣好喝，但總覺得甜度稍弱。
「如果你來美國的半年吃的都是蘋果糖的甜度，那你覺得奶茶不甜是一定的，已經溶不了更多的糖了。」

學長反省狀態的說著這樣啊，學弟則是低頭緩緩的吹著自己手中的茶，說什麼都不能讓學長知道自己想幫他戒糖這件事。

不過，雖然說第一次出國的學弟一心想著出去玩情有可原，但等九月學校的事情上軌道，有餘裕出去玩的時候，學弟又一點都不想離開室內了。

在東岸北側的北美十三州，很冷。

白天心情好的時候氣溫也許能超過二十，晚上則能劇降到零度左右。

學弟很怕冷，半年來的作息不正常再加上缺乏運動，這種每晚氣溫都能降到遠低於台灣冬天的秋天，讓因為身體虛而更加畏寒的學弟非常難熬。

好孩子上學不遲到不早退不蹺課，由於學弟並不是純正的好孩子，而是偽裝成好學生的壞人，所以每天都是準時起床之後在餐桌上後悔，捧著學長泡好的黑咖啡暖手啃早餐，喝的卻是溫水，然後緩慢的捲著外套去開車，在腦袋裡複習所有非文雅的問候句，面無表情的臉上瀰漫壓抑過的殺氣，在抵達學校下車的那一瞬間，很自然地切換成面帶微笑的親切東方紳士。

等天氣開始下雪，除第一天學弟稍稍讚嘆了雪落的美景外，之後，每天早上看向窗外積雪的學弟只有發自內心的憂鬱，而在課堂上的東方紳士，也在進入研究室後消失無蹤。

「傑瑞……」室內溫度十度左右，其實穿高領毛衣應該是剛好，但學弟還是龜在椅子上很冷的樣子，伸手拉住經過他座位的博士後研究員。

「什麼事？你該不會是感冒了吧？」拉住衣角的指尖隱隱顫抖，拿著熱咖啡跟報告正想走回座位的傑瑞，疑惑的看向感覺有些虛弱的學弟。

「不是，外套借我。」

「你自己的呢？」拉住衣角的手鬆開，傑瑞一邊反問，一邊先把東西放回座位上。

「被沒收了……」手指冷到沒感覺，學弟開始想著自己會不會冷到失去理智，隨便找個人亂摸暖手……傑瑞應該不介意把脖子借他取暖吧……

「被沒收？喔，所以他的外套一定也不會借你。」傑瑞哈哈笑，可以理解同事沒收眼前學弟外套的作法。「嗯，跟我借是可以，外套就在那邊衣架上，你知道是哪一件，但這樣你晚上離開的時候會更痛苦，要不要去喝點甜的熱飲撐一下？多增加點熱量⁉」

「我討厭甜食。」學弟淡淡微笑謝絕傑瑞的建議，正想站起來拿外套，視野就被厚重溫暖的深咖啡色所覆蓋。

「唉呀呀……真不好意思啊！而且還怕燙，來，熱水給你，好好拿著它；我加了蓋子，盡情的抱著杯子取暖也沒關係。」

學弟披好外套，看著尤莉兒把熱水拿到他眼前，冰冷手指捧住杯子後傳來暖麻融化的感覺，讓學弟感動的輕輕嘆息。

「謝謝你，尤莉兒，果然我應該去拿杯熱水。」

尤莉兒聽到學弟的謝詞後目光閃爍的回了不客氣，傑瑞則很好奇學弟剛才為什麼沒去捧杯熱開水。

「冬天才剛開始，傑瑞，我不能一直這樣，再這樣下去我要怎麼做實驗……」

「所以呢？你剛剛冷得發抖，但是穿著外套沒辦法作實驗。」

「再恢復一下，然後在冷得發抖前做到一個段落。」

傑瑞跟尤莉兒看著那個取暖的人，一邊苦笑一邊離開研究室，然後在門邊看到了偷偷笑的學長。

「在門邊笑卻不進去嗎？」尤莉兒看著那個偷笑的人，眼神裡透露出指責。

「不，不用，反正只是看看。」

「好歹是你學弟，你該不會是在整他吧？」

「不是，他在裡面穿得過暖出去溫差太大會容易感冒，還不如稍微冷一點，他很清楚他得習慣寒冷。」

「好吧，你知道你在做什麼就好，不過話說回來，他知道下個月大家要一起去滑雪的事情嗎？」

「別擔心，他一定會去。」學長的笑容很賊很賊卻很篤定。

「……什麼？」等學弟知道的時候地點當然是在家裡。

「你不去嗎？」學長把加了白蘭地的溫牛奶拿給學弟，而窩在床上的學弟正努力用筆電在溫暖狀態趕進度。

「……去。既然冷都冷了那當然要去，我沒滑過雪，溜冰似乎也很有趣。」如果只要離開家離開床都一樣會冷的話，那至少會想去好玩的地方。

「怕冷還是要去？」看見學弟闔上筆電，那移向自己的柔和目光興味盎然，像是個好強的孩子般閃閃發亮。

「當然，有你在，豁出去玩都沒問題。」

學長在心裡為學弟的甜言蜜語嘀咕，他都忘記眼前這個傢伙只要起了玩心，玩什麼都是把自己跟別人一起豁出去……想起在台灣時跟學弟整人出遊的畫面，開始暗暗後悔自己碰到不該開的開關……看他冷的發抖尋求溫暖太可愛，都忘記如果轉移注意力的地點與目標沒選好，即使想欺負人，也有可能會變成搬石頭砸自己的腳。

等他們一行人在旅館前聚集的時候，實驗室的人都有些驚訝那個站直了不只一點，看起來精神了不只一倍，已經準備好全套滑雪用具的人。

「他說你會去的時候我們都不太相信，不過你現在看來還不錯……你會滑雪嗎？」

「不知道，我玩過滑草，跟滑雪的感覺應該差不多吧，重心的使用應該很類似。」學弟一邊笑著說明一邊壓抑住寒冷的感覺，並沒有特別指望接受說明的對象知道滑草是什麼東西。

冬天的滑雪勝地在滑雪場的地方說不上漂亮，但是人卻很多，登山纜車前很多人，自山腳往山頂望去也是一叢又一叢密密麻麻的點。

「你還好吧？暖暖包那些東西都帶在身上？」由於登山纜車上還有其他人，學長改用中文問。雖然拖學弟來的人是他，跟學弟去挑選準備滑雪用具與防寒物品的也是他，學弟自己說要來也是事實，但還是會擔心凍傷之類的事。

「把腳趾用的暖暖包塞進雪鞋裡了，考慮到動起來會熱，這樣的感覺應該是剛好。」

「沒事就好，要一起行動還是分開？」

「學長這麼問是因為想去較高難度的坡道，還是顧慮到實驗室的其他人？」

「……都有，尤莉兒好像在懷疑，目前還抓不準學校跟實驗室能接受到什麼程度。」

「每個人對於事情的反應很自我，不要想太多。不然……陪我滑一段？沒問題的話我就陪你去難度高的地方，不行的話就拋下我。」

聽到學弟這麼說反倒有種難過和心痛的感覺，明明是自己放不開。

「……不了，是我不好，這裡人這麼多，戴上雪鏡帽子根本認不出誰是誰，被認出來也沒什麼大不了的。」

「不勉強？」溫柔帶笑的問句夾雜在充滿英文喧嘩的風聲裡，聽得卻很清楚。

「不勉強，是我不知道為什麼，偶爾還是會介意。不過，你還真有自信啊，只說沒滑過而不是不會滑，還想陪我去挑戰別的坡道。」

兩人在第二個停靠點下纜車，這裡是難度中的坡道起點，學弟直接跳過了一般遊客以及初學者的難度，直接挑戰難度中。

「我一直都很能玩，學長。」帶好雪鏡、頭罩、雪帽，然後學長就看到那個放低重心放鬆身體，試圖抓回感覺的身影，其實很流暢的向下蛇行。

✤　✤　✤　✤　✤

之後兩人又去試了更高難度的坡道，像白癡一樣邊滑邊摔卻笑得很開心，然後依照在登山時所養成的習慣，在疲勞前要先準備休息，這種習慣對冬季雪山來講也是重要且良好的自我保護。

等回到旅館大廳的時候，學長有點想揍學弟，很明顯的從進門開始，視線就一道道的逐漸集中到學弟身上。

拿下雪鏡、雪帽、頭罩……微仰的頭輕輕鬆了口氣，無法被模仿的優雅感展現在每個動作裡，流暢的除去手套，輕輕甩頭、撥頭髮，拉開外套，撢去水分，向眼前每個以不同含意對他投以微笑的人，報以春風和煦的柔和微笑。

「……好容易就能知道現場有多少同性戀及其候補……」

雖然明知道學弟的微笑很多時候是社交用的習慣，但學長還是忍不住小小聲的碎碎念。顯眼這種特質有時候與長相身高無關，而是氣質與氣勢的問題，而這個兼而有之的慣犯，很難說是不是故意的……

「喔喔，好厲害！造成騷動啊！沒想到你這麼有魅力啊，在學校都不知道，也不教兩招！」

從房間出來經過大廳的人，以及比學長學弟晚回到旅館大廳的實驗室同仁，在看到這種很含蓄卻很明顯的騷動後，尤其是男性，都忍不住半真半假的調侃起肇事者。

「什麼，大家都是來度假的，比較熱鬧開放是理所當然的，無所謂厲害不厲害，真有什麼招數你也學不會吧……」

總之，除非學弟願意，說話不饒人是他的習慣。

一旦入夜，雖然有照明燈光，但是戶外的活動大抵上就停止而轉換成室內活動，旅館裡有酒吧舞廳等等的娛樂設施，雖然室內溫度極其溫暖，但對於難得喝酒放縱的人來說，天冷也不過是喝酒的藉口罷了。

一旦開始悠閒的坐在酒吧喝酒聊天，實驗室的人們就發現了兩件事。

首先，這個傢伙的酒量似乎很好；第二，白天裡大廳騷動的餘波出現在酒吧裡，侍者不斷端上來自陌生人附有字條的請酒，對象居然男的女的都有……

學弟在看到字條後一律笑笑的掏出筆，加上一行字，原封不動的連酒退回。

終於，侍者靠近這一桌的頻率逐漸降低，而同桌者也頗為吃味的發現，眼前的兩個東方人幾乎囊括了這桌所有的邀約累計，雖然有沒有是虛榮，但心裡一整個的酸卻不是那麼容易被克服的。

最難過的是尤莉兒，看到男人對另一個男人提出邀約請酒，即使明白理由何在，身為女性的立場上也很難平復心情。

「怎麼了？」學弟看著眼前逐漸低落的氣氛含笑輕問，支著頭，放鬆的肢體透出華麗的慵懶風情。

「……早知道不要找你一塊喝酒，姑且不管心不心動，看著真是難過啊。」苦笑著說實話的這位同事，話語裡一半是抱怨，一半是認命。氣質風格這種事實在學不來，明明同樣是坐在昏暗的角落搖晃酒杯，這傢伙的動作就是引人注目。

「喝酒就是要愉快，不然，來拼酒？你們全部對我一個，我輸了就付所有的酒錢，夠有誠意了吧？」

「喔!?這麼有自信，還是你這麼有付錢的誠意？」

不服輸乃是人的天性，如果事關荷包更是有動力，除了身為女性的尤莉兒有豁免權，學長中立，其他的男士們的眼裡全都浮起了挑戰與惡作劇的閃亮光芒。

學弟微笑，伸手招來侍者，低聲交咐，不一會就送上兩瓶烈酒，在收到面額可愛的小費後侍者和善迅速的打開酒瓶，將每個酒杯注入新酒，安靜退下。

「都有，我的酒量很好，別說我欺負你們。」輕輕舉杯。

先打開的是龍舌蘭，即使蒸餾後依舊無法掩蓋的獨特香氣，發散在學弟看來有些刺眼的笑容裡。即使一個一個的上，不習慣喝酒拼酒更不習慣喝烈酒的人們，在倒下第四個人，喝完一瓶半的時候開始覺得恐懼了。

因為拿了小費而顯得體貼的侍者，在學弟的手勢下迅速上前，收走空瓶，再次送上一瓶烈酒，而且又換了酒種。

「只是喝好無聊，我們來加點別的遊戲？加快速度比較有趣。」學弟不等眼前的第五個對手喝下杯中的酒，就已經邊說邊啜完了杯中的酒，放下了酒杯。

很多時候，不服輸真的是造成不歸路的主因。

「你想玩什麼？」

「BlackJack[3]，我當莊。你們幾個人比我的牌面大，我就喝幾杯，比我小的人就喝一杯，我達二十一點你們喝的量就加倍，反之亦然，BlackJack，三倍，爆了，也是三倍，平手，都不喝。舉例

3 BlackJack：中文為二十一點，一種撲克牌遊戲。

來說，如果莊家的我爆了而你們都沒爆，我要喝的量就是三杯加上參與人數，反過來說，你們比較有利，你們爆了只要喝三杯。如何？」

學弟神智清明的詳盡解說刺激了其他還沒喝的人，於是，學弟請侍者拿來全新的撲克牌以及更烈的酒。

學弟這種賭酒的方法，很迅速的在酒吧引起了小小騷動，懂得BlackJack的觀看者，有的也發現學弟在用賭場禁用的方法出老千。

算牌。

藉由遊戲的模式學弟加速了灌酒的效率與樂趣，而學弟所喝的量也比預期中的大幅減少，即使如此還是很多。

遊戲結束，學弟只有略微紅潤的臉看起來比微醺的程度還要輕微，沒有喝酒的尤莉兒搜出男士們的錢包付了酒錢，像看怪物一般的看著筆直站立、正塞小費給侍者答謝的學弟。

微笑著向吧台老闆與調酒師打招呼的人依舊口齒清晰，筆直的離開了酒吧。

進了電梯。

學弟懶懶的靠在學長身上。

「幹嘛？」

「會暈……」

「會暈你還喝，酒量變差了？」輕輕拍著那酒香濃厚的身體，學長覺得被那略高的體溫與酒氣薰得也有點暈。

「大概是趕實驗那半年爆肝了……所以對酒精的耐受性變差，沒喝也不知道。」
「……其實，你再晚個一年也無所謂……」畢竟我已經做好心理準備了……
「那是自我催眠……我不想放你胡思亂想，也不想讓自己胡亂猜測。」
「……真是……還能站嗎？快到了，你還沒洗澡呢，等等沖熱水你不就醉倒在浴缸裡？」
學弟站直身子，甩甩頭，試圖再清醒一點，離開電梯門朝房間走去。
「怕我死在裡面就陪我洗，又不是沒看過。」
「怎麼聽起來像是打包好的禮物呢？」
學長難得的看著學弟在酒力發作下努力保持神智，掏出磁卡打開了門，忍不住笑意地把反應已經明顯下降的情人推進房裡。
笑聲輕揚。
「真殘忍……」學弟喃喃唸著打開浴室的燈，帶著酒意而半是朦朧的表情全都在笑，緩緩的脫起了衣服。「我會記得要回禮的喔……」
水聲流動間，柔暖的水氣翻騰，拆禮物的手攀附而上，難得的，無力壓抑的呻吟聲在同樣甜膩酒香裡換了人。

✤ ✤ ✤ ✤ ✤

等大家滑雪回來之後最明顯的記憶只有宿醉而已。

而酒量變差的學弟其實還好，這算是個小小詭計，放倒了其他人，兩個人變相的度了個小蜜月。

十二月，開始放寒假，由於台灣過年的時候時間不合，兩人都打算回去一趟。

「……學長？」整理著要帶回去的東西，因為一邊想一邊放，兩個人的動作都不快。

「嗯？」

「你有打算告訴你的家人嗎？」

聽到學弟的問題，學長放下手中的東西，停下動作。

「……不可能瞞一輩子……算是有吧，真難啟齒。」

「這次回去，要說嗎？」

「不知道，」學長抓著頭髮，表情很複雜。「總覺得爺爺奶奶會比我爸好說話，老人家沒意見，我爸即使有意見多半也就算了……可是兩位老人家都上了年紀，總不能拿來試……」

「幾歲了？」

「九十三，八十七，雖然身體都很硬朗，奶奶連助聽器都不用。」

「……好危險。」搞不好會驚嚇到腦溢血……聽到是有機會成為人瑞的高齡，連學弟都變得安分。

「所以，果然還是只能跟我爸媽講吧……」學長皺著眉頭，想起平常很好說話也很和善的父親，不知為何就是有難搞定的感覺。

「所以，先去我家還是先去你家？回去的話應該是先回公寓那裡，去實驗室轉一下，然後再回家？」

「後半的行程我沒意見，前者……到台灣再來丟銅板……吧？」無法決定的學長，自暴自棄地關上行李箱。

「……只怕你到時候不管正面反面都看不順眼……你打算在飛機上不安十幾個鐘頭？」要不是被託付買東西回去，其實要帶的東西一點都不多。

「……還有句話叫心理準備，去你家感覺也很恐怖。」

「我倒覺得我家還好……早鬧翻了，我媽說不定覺得我帶人回去是為了刺激她，說起來我還是第一次帶人回去。」學弟說著挑眉看向學長，臉上的笑容寫著請誇獎我。「你看起來就像她心目中的理想兒子，基於她微薄的禮數不可能直接趕你走，我爸大概除了嘆氣不會多說什麼，弟弟跟妹妹應該會很高興。」

「哪有這樣形容自己的家人的!?這麼說只有我需要擔心嗎？」聽完學弟的說明，學長情緒昇華成躁鬱。

「沒這回事。」

「欸？」

「學長應該曾經說過國中被人勒索的事吧？當成笑話般的在實驗室講過。」

「是有這麼回事……怎麼？」

「那是真的吧？」

「是啊。」學弟的無奈苦笑讓學長覺得好可愛。

「故事的結局是那群人消失了。那我這個把人家寶貝兒子拐跑的傢伙，會不會哪天走在路上就不見了呢……」

噗嗤……

「啊啊，很有可能，等我發現的時候人應該已經不在了吧？」

一時間緊張不安的氣氛全都沒了，明明現在讓人發笑的議題也很有成真的機會，但學弟帶著笑意的怨懟表情，就是讓學長邊說邊笑。

「笑得還真開心，既不擔心也沒想到。」學弟提著兩人整理好的行李放到一旁，聲音裡其實完全不認真。

「嗯，好吧，我要很慎重的告訴你，」拍拍學弟的肩膀，「我很擔心。」

「沒誠意，嘴角太高。」學弟伸手捏著那張臉使之變形，讓臉被拉扯揉捏的學長努力拍掉閃躲那惡作劇的手。

「嘖，總之，你也有擔心的事啊，雖然萬年一副看不出來的樣子。」

「擔心是一種警覺的表現，我擔心很多事。」

伸手把學長拉到身旁坐下，用自己略涼的手，輕輕按摩那因惡作劇而有些紅腫的臉頰。

「看不出來。」背靠在學弟懷裡，暖暖的感覺讓人心神渙散。

「擔心無法解決任何事，發現會擔心，我就會想辦法。我為解決問題花費心力，不為恐懼空想浪費時間。」

「好自大，總會有無法解決的事。」

「那就沒辦法了，不可能完全沒有遺憾，我只是希望你不要留下太多遺憾，擔心你以後回想起來會很遺憾。」

按摩的手停下，環在腰際，自己傳遞出去的體溫已讓那手不再冰冷，埋在肩膀的氣息很沉靜。說不定，最膽小脆弱的是抱著我的那個人。

「當我決定要說，而不是瞞一輩子的時候，你就該相信我。」

「我知道。」

「我不是長子，家裡還有兩個哥哥，叫我叔叔跟我有血緣的小鬼頭不止一個。」

「那好吵……」

你聽錯重點了吧……

「也許，會很容易。別裝死，該放開我了！」

「那你決定好要先回你家了嗎？我當然是會跟著去。」耳邊親暱的聲音問得很甜很甜，言下之意其實具有強迫意味。

「什……就說回台灣再丟銅板！」驚慌的發現學弟把自己固定得很紮實，手也不規矩的動作了起來。「你幹嘛!?現在是白天！我們訂的是今晚的飛機!!住……唔……住手啦！你到底想幹什麼!?」

維持從背後箝制的姿勢，學弟細細的啃著後頸，用自己的雙腳架開學長試圖掙扎的雙腿，探進上衣裡面的手正準確的挑起情慾。

「看不出來？」

「靠！白痴都知道你現在想做！居然讓我用到了好久沒用的沒品單字，我是想知道為什麼！」

「答案一，滑雪回來後大家都在忙，好久沒做了。答案二，」

「還有答案二⁉別開玩笑了！」學弟的手已經拉開褲子的拉鍊，被那手撫摸的熟悉感從兩腿間傳來，刺激逐漸增加，不知道該怎麼掙扎。

「我要做到讓你能一路無夢的睡回台灣，免得你胡思亂想。」學弟握住要害的手在話語的行進間緩緩的加深力道，而受到雙重刺激的學長瞇著眼咬牙切齒。

「做、做到⁉……唔嗯……別開玩笑了！……呼嗯……什麼……胡思亂想？小看我、啊……你手指在按哪裡！……嗚……放開，我不會胡思亂想……啊嗯……先去……我家就先去我家……呼唔嗯……」那握住慾望的拇指在尖端一輕一重的按壓著圓，原本搓弄著胸前的手探向後穴，前後同時的刺激讓學長只能大口的喘著氣。

「既然如此就更不用擔心……你還確定要我現在放開？」嚙咬著耳朵，用瘖啞溼熱的語氣聲音問問題，前面與後面的手從頭到尾都沒有停。

可惡……什麼前戲都做了才在問……

「……哈啊……我說、放開……你停得下來？笑話……」

「……要不要試試？」

說著，學弟手指就如此的停留在體內，握住前端的手也不再動作。

「……你敢真這麼對我就分手、啊！啊嗯……」

猛然抽出的手指帶來刺激與空虛感，然後更熱更巨大的物體進入已經慣於接納他的通道，幾乎懸空的身體讓熱楔順利而準確的貫穿更深更刺激的位置。

「……也就是說……我得更賣力嗎……」

深而猛烈的進入，退出，只要配合著緊縮、吞吐、扭腰，快感就能翻上好幾倍……握著自己陽具的手溫暖的揉握搓弄，胸前的手揉捏著腫脹到疼痛的地步……

……很懊惱，學長想抗議說沒有必要太賣力，想說不要做到那種程度……身體的渴望與誠實最後卻反過來說服自己，反正還可以睡很久。

然後的確是睡了很久。

醒來的時候，身邊是那個自己習慣的人，頭頂上的高度，椅子，小而密封的窗戶，彷彿很多聲音的安靜。

已經在飛機上……拉了拉披在身上的毯子，身體有種歡愛後的疲勞加上坐姿僵硬的遲緩，也許真的是昏睡太久，才會有這種虛浮感。

依稀記得被學弟抱上計程車，迷迷糊糊進了貴賓休息室休息……如同夢遊般的不確定感，也不太記得怎麼通關……搞不清楚是不是夢。

「……完全睡糊塗了……」自言自語，半闔上的眼，嘴角卻掛著與抱怨語氣無關的笑容，雖然有點想知道究竟睡了多久，卻不想抬手去看被學弟細心繫在腕上的表。

兩個人，好像很獨立，給予彼此最大的自由，而旁邊的這個，壞心眼的背後卻放置了無微不至的細心，比難得看到的在乎還要多很多，從容給予，不會令人窒息，好像很平凡的事卻又能做到如此珍貴。

放寬的空間與自由是尊重，而不是條件交換式的睜一隻眼閉一隻眼，結果，自由就像是不存在一般，不論如何都記掛著，自然的超乎想像。

手上的錶其實只是件小的事，這難以言喻的滿足也是很簡單的感受。

「醒了？」

低沉的聲音不知為何在高空上聽來格外溫柔，學長窩在毯子裡，淺笑，輕輕地搖搖頭。

「喝點水，再睡一下？」

「嗯。你沒睡？」一杯水，應該是特意留下來的，雖然不覺得飢餓，但學長知道自己至少錯過了一次用餐時間。

「是又醒了，正打算繼續睡，發現你醒了。」

學長將空水杯放回杯架上，臉上的笑正在加深，有點想睡，又想多說兩句。

「學弟，托你的福，連喝的水都比較好。」

「是嗎？」

「這可不是經濟艙或商務艙能喝到的礦泉水，空姐們為了你連水都換了。」取笑的語氣，靠在學弟肩膀上的頭蹭了蹭，調整了個舒服的新位置。

「怎麼這麼小看自己的姿色？沉睡的帥哥，希望醒來的時候能有一杯甘美的水，醒來時抱持好感與微笑的謝謝是多麼誘人的獎賞，沒有小姐能夠拒絕，至少現在飛機上的空姐不能。」

「那是你吧？我可沒有說話，誰知道我想喝水？」

「我知道。然後，空姐衡量之後會發現兩個帥哥的謝謝很划算……」附近座位的人都睡得很沉，學長只好悶悶的笑出聲。

「反正我一定是共犯就對了？」

「到台灣之前還有一餐，」學弟微笑著拉高自己與學長身上的毯子，「睡到那時候，用你的笑容向空姐要杯水，說謝謝，你就會知道到底是不是。」

✤ ✤ ✤ ✤ ✤

走進實驗室的時候，整間實驗室發出瘋狂的驚呼。

對學弟而言是離開半年，半年之後還要回來，對學長來說卻已經離開一年。要不是曾帶過現在升碩二的學弟妹三四個月，回來大概沒什麼人會記得他。

學長有些意外學妹們都很記掛著自己跟學弟的事，更意外的是知道了被學弟一語帶過的部分，雖然聽到學妹們的形容之後很想笑，但也發自內心覺得被某人殺氣洗禮的小朋友很可憐。

照慣例的跟老師打招呼，也如往例跑都跑不掉的不知不覺討論實驗到實驗室都沒有人的程度。從學校搭計程車經過走了很多遍的路線回到公寓，對兩個人來說感覺都很微妙，學弟的原住處是借住的，學長的是自己的，貓兒們都不在。

回台灣的那晚，兩人在電梯裡看著數字想了許久，一致決定按下九樓……六樓在學弟即將離開一年時就清空私人物品，如今就像是關上門的回憶，即使有鑰匙也無法回去。

次日，同樣是一起出門，已經沒有車的兩人坐著捷運跟公車，去實驗室打招呼，然後很晚很晚之後才坐計程車回家，再次走進家門的時候，兩個人不知為何的都很想笑。

一起出門，過程陌生，到實驗室，一起回家，過程陌生。

這裡還是這裡。

至於學長，要回家的事好像沒那麼焦躁了。

才怪！

回到台灣的第四天，一年沒人住的地方已經完全恢復成當初的樣子，在學長躁鬱的潔癖發作下閃閃發光。

「……你打算打蠟打到螞蟻都滑倒嗎？」為了讓某人發洩壓力以致於無事可做的學弟，看著眼前光滑無匹的櫃子，滿屋子的化學氣味，非常非常的無奈。

「看到的話記得拍下來，跌倒的螞蟻聽起來好讚，說不定能拿去賣。」

明知道學弟的笑話是諷刺，學長還是頭也不抬的沒有停手，直到學弟嘆氣的抓住手，拿走關上電源的打蠟機，把人拉進懷裡坐在沙發上。

「冷靜點，確定他們都在？」

「……回來前有跟他們聯絡，現在都在台灣。」停下的手有些酸麻，被阻止而中斷似乎讓焦躁的神智略微清醒。

「冷靜點了？其實，他們真要說什麼對象也應該是我。」

「……冷靜不下來……」回到台灣四天，無法冷靜的狀態讓時間虛耗。

「我們有大概三個禮拜左右的假期……」

「然後？」聽得出學弟在笑，都不知道該生氣該好奇還是佩服。

「先回家跟他們好好聚聚，什麼都別說，也別想，他們是你的家人，許久不見會格外高興，一個禮拜後，我會登門拜訪。」

「什麼？」學長皺著眉頭，搞不懂狀況。

「冷靜了？」

「不，不是，我是說，長痛不如短痛，這樣很像詐欺吧……」

「為什麼說是詐欺？以你家人的立場，好不容易等到人回家，一開口就是這件事，會覺得你只是為了這件事回來，然後就怎麼都無法冷靜了。他們現在只想看看你，也只擔心你，當他們所有想像中的擔憂都確認完，才有可能去想想你說的事。」

……很像是小孩子賣乖之後才提要求啊啊……這就很像詐欺啊……

「的確不能否認你說的有道理，這樣會有用嗎？」

「應該說，對你跟你的家人會比較好，好好跟他們補齊失去的時間，你想念他們是事實，不要給彼此扭曲心意的機會，看著眼前的，你就能冷靜下來。」

「我是關心則亂嗎……」突然洩了氣，瘋狂大掃除之後又靠在學弟懷裡，溫暖加上疲勞非常適合入睡。

「人之常情。記得給我地址，還是去之前先打電話給你？」

「前一兩天先打電話給我，那時候應該會在爺爺奶奶家。那我回去的這幾天，你呢？也回家？」

「嗯，應該是回去救火吧，弟弟跟妹妹現在應該在忙考試，不回去給我媽唸唸也說不過去。」發現懷中的人想睡了，學弟放開人，站起來把全開通風的窗戶關上。

「你跟你媽……感情真的這麼差？」

「是某些地方太像了，找不到平衡點。我媽說話比我毒，我腦筋動得比我媽多，每次吵架最後都是一句我是你媽你就是要聽我的。」

「……真是爛結局……」

「不說話就沒事，不見面就沒事，誰都知道怎麼回事卻很難解決。其實我媽已經很清楚我不可能照她想的過一輩子，我愛的是男人，而我們已經很多年沒討論過這件事，除了對一些瑣事碎碎念，我跟她很少交談也不再爭吵。」

「你還是記得很清楚。」

「嗯……至少得謝謝她，如果沒有她強力的碎碎念，我根本不會念研究所。」

「你如果感謝她這種事大概會被K到死。」

想起當初的事，還是覺得又氣又好笑，沒想到，一晃眼就兩年半。

「睡一下，你最近因為緊張都沒睡好，明天回去，可不能這麼憔悴。」學弟調整了兩人的位置，說服早就想睡的學長來個小小的午睡。

「你呢？陪我睡？」轉了個位置，環住對方的腰。

「好色，學長，陪睡這詞不好。」學弟伸手越過學長從茶几上拿起書。「不過現在權充一個會看書的肉墊，你這裡還有好多書我沒看過。」

「書蟲。」拉著學弟的手看了看封面，笑笑地閉上眼。

「等等大概就會變成拿著書睡著的肉墊。睡醒了想去吃哪裡？睡過頭的話就只剩宵夜攤和便利商店。」

「烤肉吃到飽。」

「喔？知道了。那麼，稍後見？」設定了手機鬧鐘，學弟輕輕在學長額上印了一吻。

「稍後見。」

等回到家，誠如學弟所說，學長發現看到人的確比較冷靜，由於並沒有欺騙家人的打算，在面對家人的關心與談話間也能自然坦誠，心裡還是會想著怎麼開口比較好，但確實沒有一個人空想時那麼焦躁。

另一方面，使用學弟「說實話」的本領方式，在被詢問的時候的確比較有利……雖然不可能像那傢伙技術那麼好，但自己確實從頭到尾說實話，把一件事拆成很多次透露出來的方式，似乎很不錯。

自己少了欺騙與隱瞞的不安，他的家人則對這個年輕，且聽起來很優秀的學弟感興趣，聽到是交換學生以及跟自家兒子同住的事，一般正常思考的人只會想到彼此互助的留學生。

在知道因為學弟的關係學長幾乎沒吃外食，學長的兄長父母爺爺奶奶在驚訝現在還有這麼能幹的小孩時，也要求說想邀請這個學弟來家裡吃飯。

他們想謝謝這個照顧自家兒子弟弟的人。即使聽起來似乎很像是基於感謝用三餐家務抵房租，但自家人被養得很健康，負責三餐之人的細心卻是遠超出於此的真誠。

雖然與原計畫有出入，但學長還是冒著冷汗說好，大大方方的在眾人面前撥通電話提出邀請……一邊安慰自己天資聰穎的學弟絕對能懂是怎麼回事，一邊想著家人會不會曲解太多，最後反倒為了把人邀請來而勃然大怒。

✤　✤　✤　✤　✤

「好久不見。」

時近中午，伴隨門鈴聲而來的，是學弟溫柔且讓人平靜的問候笑容。

「請進。」學長不自覺的鬆了口氣，因為無措而有些過度客氣，帶著笑容把人拉進屋裡。

「人來啦！快請進，唉呀！真是，小孩子幹嘛這麼客氣？送什麼禮!?」

迎面走來最前面的年邁女性精神非常好，反倒是跟在後面的兩位男性，對於前者移動的速度感到擔心。

「奶奶好。」本就是人精的學弟當然不會用錯稱謂，略微彎腰好讓老人家看個清楚，乖巧從容的笑容態度令奶奶高興得不得了。

「好好好，真是乖，長得又好，老伴啊，來看看呀！客人來了啊！」

似乎是急性子的奶奶又返身走回客廳，一手還拉著學弟，讓被拉的人露出無奈的笑容，與其他兩位還沒來得及對話的男性以及學長交換笑容，乖乖的攙扶老人家順便減慢行走的速度。

「急什麼，客人來了就先讓客人坐下，上茶，慢慢喝慢慢聊，人都被請來了還會看不到？妳一個老太婆拉來拉去像什麼話。」相比於奶奶，抽著煙斗的爺爺慢慢說慢慢講，淨朝著老太婆身邊被拖來拖去的兒子孫子還有客人使眼色，促狹打趣的眼神漫在皺紋裡很頑皮。

「老太婆又怎樣？我老太婆又怎樣⁉老太婆我就是高興嘛，孫子難得帶朋友回來，長得俊又乖巧，奶奶叫得多甜，哪像你老頭子，完全沒反應，好像兒子孫子都是別人的。」

「是是，兒子孫子都是我的，我們的，來，年輕人隨便坐，原諒老頭子年紀大膝蓋不好，不想站，水果儘量吃。」

「讓您站起來迎接才是折煞我了。我自己來就好，謝謝。可是爺爺，因為不舒服而懶得活動情況反而會惡化，每天還是走走路散個步比較好。」

然後整客廳的人表情微妙，奶奶甚至發出竊笑聲，爺爺抽著煙斗的表情很彆扭任性。

「原來如此，爺爺，我是第幾個這麼跟您說的？」好像很真誠的笑容笑得很可愛，話語的內容卻著實戳到老人的痛處。

學長吃著水果，看著這個只有安分一半的傢伙在玩他爺爺，不能不說他這種態度對到了家人的喜好……乖巧，但沒有一個陌生訪客會有的過度拘謹客氣，適度的流露本性，孩子似的頑皮……現在在言語間跟爺爺對仗也是出於善意。

「你這朋友有意思，好像真能搞定你爺爺，能讓你爺爺之後每天出去走走，就算只能維持一個禮拜，請他來吃這頓飯也太划算了。」

父親喝著茶，半開玩笑半誇獎，在一旁聽到的二哥，兩不相幫的岔開話題卻又隱隱吐槽，讓老人相當的不滿意。

適度的適可而止，學長才有機會介紹自己的家人，正好端飲料上來的大哥錯過了好戲，聽到之後很大方的報以遺憾，順便再次跟自己的爺爺叮嚀該多活動，學長的母親則是在廚房，出來打了招呼，笑笑的說等會多吃點，吃飯時再好好聽聽留學的事，就又回到了廚房。

餐桌上，終於所有的人都到齊，學長的兩位哥哥一位是公司的董事，一位是經理，學弟想起學長說過兩位哥哥都已經結婚，後來才知道嫂子們沒有出現是因為小孩都還要上課，這個時間正要去接小孩，怕打擾客人乾脆不過來。

學弟的聲音適合說故事，一頓飯，吃得慢，低沉卻帶著笑的音色說著從台灣到美國的事，苦學生的樂趣，實驗室的趣聞，晝夜顛倒的疲勞，在國外很怕冷的體驗，母親近乎瑣碎的問題，在學弟有問必答的聲音裡彷彿變成色彩豐富苦中作樂之事。

飯後，一群人移動到客廳，享用傭人端出的飲料跟甜點。

「不過，沒想到你一個男生這麼厲害，真的都自己做三餐？」已經是第二次確認這件事的母親，語氣裡有種驚訝的不可思議，也有憐惜。

「嗯，其實習慣就還好，大學時就這樣了。」

「還是要再次謝謝你，」學長的母親拉起坐在她旁邊的丈夫的手，「他是家裡最小的，爺爺奶奶寵，雖然懂事卻很挑食，怎麼也改不過來，看他突然一個人出國這麼久又健健康康的回來，真的很高興。」

「挑食？不會，學長不挑食，他沒有不吃的東西，只是只吃好吃的，所以只要東西好吃他就會吃了，更何況一人份很難做。」

因為說的是實話，所以學長也就只能乖乖的被取笑。

「你們一個是學長，一個是學弟，也算是有這個緣分感情又不錯，特別是，也難得你願意作到這個程度，多花了心思功夫。」

在奶奶蒼老的聲音感想裡，學弟原本輕輕掛著的微笑變了質，突然漾開的溫柔神情讓人一呆。

「不會，因為我愛他，所以，這些心思一點都不費力。」

沉默，表情詭異尷尬，看表情除了學長跟他大哥外，每個人都在告訴自己聽錯了。學長的母親正打算先岔開話題，晚點再詢問自家兒子，學弟依舊溫柔含笑的聲音又再次響起。

「各位都沒有聽錯。雖然，在此之前我設想過很多種方法，很抱歉我最後還是選擇這種方式，他是你們重要的家人，我希望他跟你們之間沒有誤會也沒有祕密。我們彼此相愛，而告訴你們是我們的決定。」

「什麼⁉你說什麼⁉你再說一次⁉」

隨著疑惑聲爆發的，是學長的父親激動且大聲的質疑。

「您應該知道，即使我再說一次也不會改變什麼。我知道你們會難以接受，也知道你們對同性戀的看法可能不好也不友善，但我現在還是在這裡，這是我們的決心。」學弟視線筆直的看著眼前極力維持風度的中年男子，輕輕握住學長的手。「要一起生活一輩子，我不想讓他背負謊言的重量。」

「混帳!!你對我弟做了什麼!?他怎麼可能會是同性戀!他從小就愛看美女!難道他之前交的女朋友全是男的嗎?」

學弟全然沒發現,有時候,他總是平穩的語氣格外地能刺激他人的憤怒,學長的二哥抓起學弟的領子,很努力的才沒有朝那張臉揍下去。

「我們已經交往了兩年半,以前住在樓上與樓下,現在住一起,他以前的女朋友究竟是男是女我不知道,但如果彼此都沒有這個意思,就不會有現在。」一語帶過的提示,與其去爭辯旁枝末節,學弟維持著近乎爭吵的討論在原本的目的上。

「荒唐!!」

「您就算不相信我,難道還不相信自己的兒子?為什麼,這樣就叫做荒唐?」

話語被打斷,學長的父親更顯憤怒。

「男人跟男人搞在一起還不叫荒唐!?給我分手!什麼真心!?說得好聽!你就明白說你要多少錢!說!支票在這裡!」

從方才起就沒機會開口的學長,看到學弟因為父親提到的錢而細細瞇起了眼,擴散的笑容多了些傲慢,心裡暗叫不妙。

「我……」

正想開口,蒼老的聲音極有份量的響起。

「混帳!錢!?你是算錢算傻了!?你兒子值多少錢你拿錢出來!?你瘋了把你兒子論斤秤兩用錢

算！收回去！丟人現眼，好好想想你的心態是什麼！」
敲著煙斗的爺爺罵完自己的兒子，戴著老花眼鏡與助聽器的臉轉向學弟。
「說實話，年輕人，我很欣賞你。」頓了頓，歇口氣，吐出的煙輕輕散開。「只是你今天把好好的一頓飯弄成這樣，我就不樂意了。」
學弟沒接話，其他的人也安靜緘默，因為老人的話還沒說完。
「我可以理解你為什麼挑這種場合，」又一口煙，緩緩的，老人抿了口茶。「自己都無法坦然就沒有說服力，所以你不是私下約也沒有偷偷摸摸的見。」
老人蒼老的臉眼神卻一點都不老。
「年輕人，你希望的是什麼？」
「我希望……」學弟想要回頭看那個在自己身邊的人，卻終究只是握緊了交握的手。「他能快樂，不要有遺憾。我不奢求祝福，那也許太難，但希望你們能理解，在他往後每次見到你們的時候，還能像今天之前一樣。」
「不包括你？」老人聽到學弟所說的內容，眉毛抖了抖。
「我不強求太多，」老人的反應讓學弟露出溫柔的苦笑，「更何況，我已經很習慣了。」
「哼嗯……」老人咬著煙斗，轉向自己的孫子。「孩子，你呢？想說什麼？」
「如果……」父親的臉很生氣，母親的臉幾乎要哭了。「如果覺得我只是一時的鬼迷心竅，我希望大家願意等我花一輩子的時間清醒，雖然我並不是鬼迷心竅。」
母親隨著自己完結的話語開始哭泣，啜泣與被壓抑的聲音夾雜父親的咆哮，聽著聲音，視線卻不敢停留在父母的臉上，二哥的表情則是又急又氣的樣子……父親從數落自己到擴大成兩個人一起罵，謾罵聲灌入聽覺，學弟給了自己今天進門後的第一個笑容，溫柔溫暖得過了頭。

學長知道自己笑了，鬆了一口氣，父親罵得兇狠的聲音一個字都沒聽進去。

「安靜！」老人不大的聲音卻有非比尋常的效果，不負一家之長的風範。「吵吵鬧鬧哭哭啼啼，給人看笑話！」

「爸……」學長的父親心有不甘欲言又止，面對自己的父親，終究還是安靜了。

「年輕人，今天，就請你先回去吧，把我那小孫子也帶走。」老人說著話，用眼神制止對於自己決定有意見的兒子。「誠如所言，我們需要好好想想，不方便外人在場；但如果我那孫子在，除了哭哭啼啼跟我那兒子無謂的謾罵，大概也沒辦法冷靜的討論什麼。」

「謝謝您。」

「我很生氣，不發作是因為我的身體受不了，別以為老頭子就能原諒你。」

「我們沒有任何需要原諒的事。」學弟自始至終溫柔的笑容在起身的動作間，出現了慣常見到的優雅感與自信，堅定的語氣幾近傲慢。「那麼，很抱歉今天以這種方式告辭。明後兩天，我會帶他回去看看我的家人，也許會多住幾天，在我們回美國之前會再回來。」

學弟乖巧的交代完兩人未來幾天的行程，在無人回應的情況下禮數周到的告辭，帶著學長離開大門。

追出來的是學長的大哥。

「……哥，你怎麼出來了？」

「這是我第二次問你這個問題，你是認真的？」

站在巷子邊，圓厚的男中音問著話，朝一旁的學弟點點頭，眼神毫無偏頗認真的凝視自己的弟弟。

「是。」

聽到回答，問話的人大大嘆了口氣，揉了揉額角，看向么弟那在一旁等候答案的戀人。

「兩個月前，我去美國的時候剛好有機會經過，所以我知道，也不小心看到了，然後我問了同樣的問題。」大哥看著眼前只有父親提出用錢分手才動怒不再冷靜的人，心裡多少因此平復一點。

「他如果決定了就會很倔強，所以我不會再說什麼。但是，身為人家的哥哥，我有必要給你適度的威脅。」

「是。」眼前看來相對老實的大哥眼神認真的冷笑，學弟發現能忍上兩個月的大哥也不簡單。

「擺平這件事不難，但今天你們自己決定的事結果不好，帳『一定是』全部記在你頭上。你看起來似乎是個喜歡享樂的人，而我們多的是辦法讓你不無聊。」

學弟完全沒有被威脅的感覺，卻笑開了臉，他知道他剛才聽到了願意幫忙的承諾。

「我知道了，謝謝你，大哥。」

「不要亂叫，我還沒有承認你。」

嘴上說著卻揮手道別，學弟並沒有直接帶學長回家，而是帶學長回到公寓，現在，對兩個人來說，最需要的是共處的安靜。

學長自離開家鬆了一口氣後，就一直處在半茫然的狀態，同時也暗自埋怨自己當時的沉默，學弟卻還是說著沒關係。

因為學弟很清楚等回自己家的時候，照樣是沒有自己說話的餘地，情況是一樣的。

第二天，並沒有照計畫的去學弟家，當學長在日上三竿的時間清醒後，先是錯愕，然後在浴室頭抵著鏡子吃吃的像傻子般一直笑一直笑。

昨晚很安靜，學弟輕輕哼著的歌是耳邊唯一的聲音。

望著自己被握住的手，那握著自己的手總是有點涼，堅定，不鬆不緊……昨天從開始吵架後就沒機會開口，學弟自始至終的冷靜想起來好心疼，為了維持完美的表情，連暗自咬牙都不行。

被人心疼關心到這種程度反倒有點心痛呢……想也知道，今天大概是一日休整，閒閒的，要自己好好放鬆，休息。

而要做的也的確只有這個，把自己養好，看看他的家人，嘴裡說沒關係的人卻總是放在心上，想起那次看到他弟弟以及未曾謀面的妹妹，說不介意，好像的確也不感到遺憾。

只是，遠遠看著，其實還是……會寂寞的吧……

遠超出羡慕、嫉妒，遺憾的寂寞。

✤ ✤ ✤ ✤ ✤

比學長預計的多一天，兩個人才搭客運去學弟家，比起台北處處公寓貴得要死，只要離開了那個範圍，想要有幢小小的透天厝並非難事。

簡單的房子，沿著與隔壁相連的界線與電線桿堆著大花盆，小小的橘子樹，桂花，開得不好的玫瑰，略略攀附在鐵窗上的紫薇開著桃紅的花，沒開花的孤挺花葉子看起來就像是大顆的草。

怎麼種都能長的四季秋海棠兀自在縫隙間凌亂的開著花，學弟沒有叫門，而是拿出鑰匙開了門，才喊了聲不大不小的我回來了。

聽到動靜先出來的是學弟的弟弟，看到是自己的哥哥跟上次見過的人，立時笑開了臉，但身後趨前而來的腳步聲卻讓他吐了吐舌頭，乖乖的往一邊閃。

傳說中的母親靜靜走來，說沒有表情又好像一臉似笑非笑，看著自己的兒子，然後又把視線轉往被兒子帶來的人。

「您好，初次見面。」

學長微笑著，淡淡的，站在那裡就能看見的氣質，緩而小的鞠了躬，拿出提在手上的見面禮。「這是從美國帶回來的手工巧克力，袋子裡還有些其他的小東西，希望大家會喜歡。」

學弟的母親看著學長遞到眼前的，略微沉默，露出看起來完全不勉強卻極其客氣疏遠的禮貌笑容，說話的聲音不大卻很亮，輕鬆的貫穿聽覺。

「請進，地方簡單，在客廳裡隨意坐坐，跟他弟弟妹妹聊一聊，一會兒就開飯。」

學長再次點頭，說了聲謝謝，看到女人走回廚房的身影彷彿頓了頓，還沒來得及細想，一張不太熟的臉跟另一個沒見過的女孩子熱情的拉著自己坐在沙發上，茶几上早有準備好的飲料。

「……你們兩個，想幹嘛？」學弟苦笑，接受自己被隔離的事實，坐在單人的沙發上拿起飲料。

「聊天呀，因為問大哥你一定不會老實講，我來問別人。」說話的女孩子有著適度的任性跟古靈精怪俏皮神情，朝自己哥哥哼兩聲，轉頭面向學長。「我哥有跟你提過我嗎？」

一臉八卦好奇的樣子，學弟的弟弟跟妹妹湊在一起，讓被逗笑的學長往學弟的位置縮了縮。

「嗯，他跟我提過有個妹妹，你二哥我看過，小偉？」學長確認性的詢問，而對方笑笑的點點頭，「妳希望我怎麼稱呼比較好？」

學長含著微笑的親切詢問，跟學弟在一起久了而對自己遲鈍的人，沒注意到自己的微笑所具有的殺傷力，讓本來想搗蛋的小姑娘反倒不好意思。

「欸……叫我小婷就好了，那我直接叫你哥哥就好囉，那，我想問問題！」彷彿乖巧認真的舉手發問，但其實是不管怎樣都會賴皮問到底。

「被你叫哥哥之後還真想說不給問。」然後學長看到相較於學弟來說，非常開朗的弟弟妹妹露出得逞的表情開始歡呼，算是乖巧不聒譟的開始依序的問著問題，學長也帶著微笑一個一個的慢慢回答。

實驗室的笑話，過生日的趣事，吐槽某人怕甜怕燙又怕冷，經由弟弟妹妹的友情附議後多出了學弟搗著臉說「不准說！」的過往趣事，還得忍得很辛苦才沒笑得太放肆……正要開始說到國外的事，學弟的父親走下樓，樸實的臉有些木然卻還是親切的笑了笑，做出手勢要自己不用站起來、繼續聊，點點頭，拿了個大茶杯裝了飲料走到客廳，默默的聽著自己講故事。

到了國外的事，吃什麼，住哪裡，外國人怎麼樣，研究室怎麼樣，秋天的風景下雪的感覺，天氣是不是真的這麼冷。

學弟的父親在這中間只是聽著，不發一語。學弟的弟弟妹妹所問的問題，讓人有種果然還是孩子的莞爾，對於自己的哥哥好像不怎麼關心，問題裡有著好奇玩樂與對世界的嚮往，發亮的眼睛不在現實裡，屬於遙遠的未來或是夢想。

的確感覺比自己家好一點，然而，在家長身上卻有種只是把聲音轉為沉默隔離的感覺。在餐桌上，學弟父親的沉默裡有著無奈與軟化，他母親的沉默則有著倔強的堅硬，即使仍舊笑著，客氣，那禮貌是給予身為客人的自己的高牆。

「您很討厭他帶朋友回來？還是，因為他從未帶朋友回來所以您不習慣？或者，您只是單純的討厭我個人？」見大家吃的差不多，因為感覺到也許不在餐桌上講，就很難再面對面好好的談談，學長鼓起勇氣，輕緩沉穩的直接問。

「他跟我說要帶個人回來，所以我做了一桌菜招待他的朋友兼學長，我也很感謝你在學校以及在國外對他的照顧，除此之外，我不知道其他的理由。」

與其說不知道，更明白的說明了不想知道。

「我想，他應該是跟您說會帶個人回家，是實驗室的學長，已經交往滿久的對象，想帶他來家裡看看。」

「是這樣沒錯，那麼，你是期待我非常殷勤愉快的接待跟我兒子在外面亂搞的朋友⁉別開玩笑了！要不是即使切斷親屬關係他還是我兒子，這個閒話甩都甩不掉，你以為我今天還會讓他回來⁉他要亂搞就在外面搞去！看不到我也樂得清靜！而現在，他把人帶回家裡，平常鄰居說了多少閒話他從來沒聽過，你倒說說看，你來是什麼意思⁉」

不算特別激動的語氣卻非常刻薄，因為介意鄰居會聽見的壓抑全數化為冰冷的嘲諷與惡意。

「哼，閒言閒語⁉哪有那種東西，你防得跟鬼一樣，挑好的說，大兒子讀研究所又出國，一個不常在家高中也跨縣市的人能有多少流言？除了你喜歡的面子虛榮你根本什麼氣也沒受到，到底哪裡委屈⁉」

學弟啜著半碗湯，以更冷的聲音戳破事實，低頭喝湯的姿勢完全不看自己的母親。

「什麼氣也沒受到⁉我養你養到現在花這麼多錢就是天天受氣！我現在就在受氣！你花那麼多錢讀那麼多書！連個話都不會聽‼」

眼前的女人聲音逐漸上揚，抬起頭的學弟嘴角冷笑，想開口卻被學長阻止了。

學弟看了看身邊的人，再次平靜的保持沉默，學弟的母親哼了一聲，眼裡的驚訝一閃而逝。

「阿姨，您今天想要的是個聽話的兒子，一個您說什麼都能聽進去，都能替您辦到的兒子是嗎？」輕聲的詢問，微笑，一字一句柔和穩定的聲音有著能讓人信賴的感覺。

「哼？天底下那個母親不是這種希望⁉」

「您希望他會是您引以為傲成就非凡的兒子。」

「沒錯，只要是正常家庭，誰不是這樣希望？」

「但那是不可能的。」

學長輕柔的聲音斬釘截鐵，學弟的母親略略睜大了眼，又險惡的瞇上，沉默。

「今天的他能有讓您引以為傲的成績，以及讓您與之對等的挫折憤怒，就是因為他一直以來，不太聽話。一個指令一個動作的人，沒有未來，一個什麼都聽話的好學生，對人生沒有創造力也沒有規劃。完美服從的是機器，有點差錯的是混吃等死的員工，腦筋能多轉兩圈又比較拼的能當到個小主管，您的希望和您的要求從一開始就相違背。」

「喔？我活這麼大看的人比你還多我怎麼不知道？像我家隔壁的、」

「那他的職位到哪裡了？」學長笑笑的打斷，看到學弟的母親臉上一紅。「我家，在一般人眼裡應該稱的上是有錢人，一筆單的生意就是上億收入。每年公司招募員工的時候有數千人，我看過許多留下來的人，離開的人，能往上爬的人，他們每個都能做到你的要求，卻也都稱不上聽話。」

「那又如何？我的要求不對嗎!?男人本來就不是跟男人，是跟女人！男人跟男人能生小孩嗎？本來就是胡搞!!」

「那麼您承認了他其實是讓您引以為傲的是吧？」學長溫和的為之前的話題下了結論，沒有露出任何表情去刺激一時語塞的女人。「您的要求，很平凡，只是，從未有過一定得生兒育女這件事，您是基於什麼樣的理由，希望他一定得生下孩子？社會問題？傳宗接代，血統延續？外人的看法？」

學長將目光從學弟母親臉上輕輕垂下，轉了轉手上已經涼透的湯，笑笑又抬眼。「我想……都不是，您只是單純的覺得男人就該結婚生子，有個家庭，有個好工作，然後就能幸福到老，像個一般所謂的正常人一樣。」

「呦，了不起，還知道你們這種人叫不正常，那我身為一個母親希望兒子正常幸福難道還錯了?!搞那什麼東西，一輩子給人指指點點不難過嗎？」

無視諷刺，因為，這件事沒有任何人有錯。

「首先，我並沒有說我們不正常；還是說，您對於正常人的定義僅僅是性向問題？一個母親希望兒子幸福的願望不可能有錯，那麼，扭曲自己，像一個正常人就能夠幸福嗎？如果他一開始就像您所謂的正常人，他就一定能事業有成，幸福一輩子嗎？」

學弟的母親看著學長，沉默無語，全世界都知道這是無解的問答，有人說知足，有人說努力，卻沒有能確保幸福的答案。

「我們現在，很幸福。而世界很遼闊，並不是所有的地方都像您想的那樣，如果指指點點被人側目是我們要背負的東西，那我們已經有覺悟，就像我們在這裡接受您的指指點點一樣，您在這上面對他的傷害跟路人並沒有什麼不同，甚至更多更重。」

「你那什麼、」

「等一下、等等，不要吵！」

因為沒有進入吵架模式，再加上對方自始自終的平穩語氣而無法辯駁，突如其來的指責瞬間讓學弟的母親拍了桌子就要站起來，阻止的人卻是學弟的父親，伸手拉住自己的妻子。

「什麼等一等！你阻止我幹嘛!?你看看、你看看他！」

「好了！不要吵架！你跟你兒子吵了快十年我一天也沒少聽，你就算吵贏了又能怎麼樣!?」學弟的父親趁妻子一時氣結無語，給同桌的孩子們下了指示。「你，先帶你朋友到樓上房間去，弟弟妹妹留下來收桌子，弄完切水果泡茶給客人送上去，都上去！」

清場的意圖很明顯，學長錯愕的被學弟拉著往樓上走，走到二樓才意會過來發生什麼，稍稍打量擺設，狹小的樓梯被牽著手反倒不好走，想鬆開，又捨不得。

學弟回頭，像是發現了，笑笑的把人帶到自己前面，催促學長繼續往上走。

走上樓梯的最後一階，少有人氣走動的頂樓有點氣悶，學弟再次掏出鑰匙，打開唯一一間上鎖的房間，佔據了一半樓層的大房間。

「你從什麼時候開始住在這個房間的？」學長看著房內的陳設，問著，很心疼。

這房間讓他想到學生在外合租的的房間，完美而整齊的私人空間放在一個家庭裡，壁壘分明的讓人感傷。

「國二國三的時候，學長？」

「嗯？」學弟的手從後面環抱住自己，聲音和體溫都好溫暖。

「你快哭了……」

「……不想讓我哭出來就放開我。」

「那我寧願讓你哭，我可以等你，哭再久都沒關係。」

學弟鬆開人，坐在地上的懶骨頭裡，看到已經恢復的學長正以非常柔和認真的表情望著自己，任由自己重新拉回懷裡。

「你為什麼不哭？」

學長的語氣很溫柔，輕，而且認真，不嚴肅卻也沒有笑意。

「……忘記該怎麼做了。有時候會覺得似乎該哭，就只是這樣，即使空空的、好像很難過，也沒有叫做想哭的衝動。」

「真是……」

知道是實話，所以無言以對，看著採光很好的頂樓，想到過去的時間這裡一直只有一個人，關上門，就覺得好孤單。

正想著，傳來小心的敲門聲，學弟的弟弟妹妹拿著茶與水果上來，說著父親與母親難得的爭吵，由於兩個人都是還有考試壓力的學生，見父母心情不好也不敢打混，說好了有問題再上來問就又乖乖的窩回房間看書打報告。

中場休息顯得格外安靜，雖然放鬆下來就覺得疲勞，學長還是站起來在房間裡看看，然後在一排一排書架的角落邊，發現了很眼熟的東西。

他的釣具。

「這附近有很多池塘，開個半小時的車也有適合溪釣的溪流，我想你總有一天會來，所以你去美國的時候，我把它從你家拿到這裡。」

發現自己在看什麼，學弟解釋的聲音從背後響起，總有一天……那個時候，這個是不斷告誡自己的決心吧？

「……什麼時候去？這種時候很難說釣不釣的到。」

微笑，微笑，微笑。

然後視線消失在學弟懷裡。

「……我說過沒關係的。」

「……你混蛋……」恨恨的扯著衣服，你非要把我弄哭就對了!?

「啊，說不定喔……小小的報復你扔下我去美國，難度還這麼高，或者，想靠你稍稍哭紅的眼讓我媽心軟愧疚……」

「什麼跟什麼……」

埋在衣服裡的視線很暗，又哭又笑像個半瘋的傻子，怎麼也停不下來，輕輕撫著自己的手輕柔如羽。

也許沒晚餐吃，明天去釣魚，後天回去……其實那些都不是那麼的重要……我們的決定，以及你此刻的聲音，才是賦予那價值的一切。

離開的時候，學弟的父親露出靦腆又抱歉的笑容，沒頭沒腦的問了一兩個問題，然後輕輕跟自己說了謝謝。

真有下次，再來坐坐吧……你說我接受，老實說我還是覺得怪怪的……只是這事情已經過太久……除了這點，他什麼都做到了……其實還是我們虧欠他……哈哈哈……還好我家的孩子都滿懂事的，比父母好……

學弟的母親站得稍遠，沒有說話，對到視線的時候有些不自在，後來才知道被學弟的弟弟妹妹偷偷塞在手上的東西是手工甜點，也不知是和解還是道歉，也有可能是個回禮，但總之是個開始。

回台北的車上，學長咬著甜點，味道濃郁細緻，就是不甜……應該是連一般人吃都不甜的糖度，讓學長知道離完全和解還有多少距離，也算是被小小的報復了。

反過來說，卻是知道兒子不愛吃甜食的母親給兒子的歉意，即使很少回家，拉不下臉說上兩句話，始終還是記在心上。

果然很像。

✤ ✤ ✤ ✤ ✤

到台北接到的第一通電話是學長的奶奶打來的，希望學弟明天能獨自去她那裡一趟，有些事情想談談。

「奶奶想見你，要你明天去一趟。」學長看著電話，好半天才開口。

學弟抱著抱枕，拿著書，其實從學長接起電話就開始看著，等學長轉頭告訴他答案，很明顯的是一臉的無所謂。

「我知道了，有說什麼時間方便過去嗎？」

看學長一臉呆呆的樣子，學弟用書掩住嘴角上揚的笑，拍拍身旁的座位。

「……奶奶說什麼時候都可以，你不緊張嗎？」

「只有奶奶一個人找我，嚴格來說是好現象。」

「怎麼說？」靠在學弟身上，視線空空的看著落地窗外的風景。

「如果是長輩其中之一找我想『談談』，多半是想認真面對這件事，以長輩的身分，不管是勉強接受的弄清楚狀況或是以其身分壓迫我放棄，明天那裡將會只剩一人；如果是你父母其中之一找我，代表已經全部達成共識，到時會要我們兩個都回去，常見的情況是以全體的壓力讓你放棄、讓我死心；如果是找你，不管哪個都是最壞的情況，代表這幾天他們已經處理了很多事，一旦回去應該就很難再見面了。」

「所以？」

「奶奶找我也許是最好的可能，因為她說得很明白……明天，去看看你的朋友，彈彈鋼琴，聊聊天，試著讓自己忘記等待，好嗎？」放下書，玩著學長的頭髮，低迴的聲音輕輕要求。

學長明白，學弟不想讓自己在等待結果的時間裡焦躁煎熬。

輕輕的笑了，好久不見的那種帶著心機卻很可愛很溫柔的笑容，仰頭抬手勾下學弟的脖子。

「讓我睡到你回來。」

「呃……」第一次，學弟覺得有些為難，萬一後天或是大後天學長的家人想見他怎麼辦？

「不想要？」一邊問著，學長湊上去，一下一下或輕或重的，啃吮著那張還在猶豫的嘴唇。

「也不是，只是……」學長刻意誘惑的聲音含著笑，兩人逐漸升溫的氣息交織熨貼，不忍心也捨不得推開人……雖然早知道學長學壞了，碰到這種時候還真是困擾非常。

「還是你認為我是會乖乖聽話的人？」

因為心疼自己所以忍住不吃，覺得很可愛的心情讓學長溫熱吐息裡的愉悅又上揚了一些，吻上喉結，輕輕舔吮，感覺到低低的震動與嘆息。

那雙漂亮的手撫上臉頰，夾雜著苦笑與幸福的薄唇壓低，收下了得逞者輕輕傳來的笑聲。

✤ ✤ ✤ ✤ ✤

次日，學弟去的時候，選的是中飯剛過的時段，不會被留下來吃飯，也不會打擾到老人家午睡——如果有午睡習慣的話，選這個時間該是差強人意。

一如他所預料的，屋裡只有奶奶一個人，開門的是傭人，奶奶正坐在客廳等他，請他坐下，沒有問他為什麼選這個時間，雖然看得出來這位老婦人已經等了許久。

「不用擔心，今天不會有其他人出現，連我那老伴都特地叫兒子帶他上醫院。雖然你看起來早就知道了。」奶奶小小的笑著，喝著手中的熱茶。

「嗯，因為是您打電話，只要我一個人來。」

聽到回答，奶奶呵呵的笑瞇了眼。

「果然是個聰明的孩子，難怪你對老頭子的胃口。那你知道我今天叫你來，是想說什麼嗎？」

學弟微笑，搖搖頭。

「也是啊……連我都不知道為什麼想要你一個人來，興許是想看看，你倒是完全不急躁。」

「因為急也沒有用，人懶就乾脆不急了。」

學弟說得逗，奶奶又很配合的笑了兩聲。

「那天啊……你說的時候，起先我嚇壞了。」

「真是對不起。」

「你這小滑頭嘴裡塗油和蜜，對不起是說說而已吧？」

奶奶笑著瞟了學弟一眼，被說滑頭的人當然也就只能苦笑著低下頭。

「……等回神，想著『大逆不道啊！這荒唐事兒大逆不道啊！』，男人跟男人，這是怎樣的悖禮悖德呀……想著想著，很慌張，也很生氣……自己最疼的小孫子，敗壞門風，家門不幸，什麼話都哽在喉嚨裡，可是最後到你走了，我都沒說話。」

老婦輕輕的沉默，歇了歇，學弟很配合的問了為什麼。

「所有的人都在一句接著一句的罵，我插不上嘴，聽著聲音，好像有些熟悉……然後，我看到我那生氣卻安靜的老伴，還有一直很冷靜的你，所以我想看看，看看你這孩子在想什麼。」

「您看到了什麼呢？」

「我看到你從頭到尾只看了我孫子一眼，握著他的手不鬆不緊從頭到尾沒有放開；眼神很認真，態度有禮冷靜，臉上溫柔誠懇的笑容卻在睥睨諷刺眼前發生的事。」

「……這麼明顯嗎？」

學弟這次的苦笑很真誠，奶奶笑得莞爾，搖搖頭。

「於是我知道老伴為什麼安靜的看著了，認真看待這件事的人，卻睥睨眼前發生的事，這很矛盾，孩子，你沒有說出什麼大道理，只是無比真誠的告知這件事，我看著你的反應，想想你前後說的話……聰明如你，明知道會發生什麼，骨子裡諷刺厭惡，為何一定要說？」

「我說過了，我不想讓他背負謊言的重量。」

「說出來，就不重了？」

「不一樣，您明白的。」

「是，後來，我明白了……也想起了我曾聽過你的聲音，今年過年的時候，有個說是學弟的人要拿電話……我想起了那孩子是從何時起不太一樣，你們都走了之後，大家吵吵鬧鬧，我還是在想……想你的要求，走的時候說的話。」

奶奶含笑放柔的眼神染上了些心疼，讓學弟有些訝異。

「最後，想起來你竟是什麼都沒為自己求，你要求我們對那孩子的態度始終如一，卻是僅此而已，孩子，為什麼？」

「為他所求就能得到我要的，如此而已。我只是不奢求一蹴可及，曾經是那麼長久的期待瓦解，人會有連信賴都瓦解的錯覺，很多事都急不來。」

「那孩子喜歡的，也許是你這種小心地讓人心疼的溫柔吧……太小心太冷靜，不甚熟識的人多半都會誤會你的笑容。」

蒼老的手伸出，慈祥的笑著，搽了搽學弟的頭，看著眼前那個慣於冷靜的孩子很驚訝，呆呆的搞不清楚狀況。

「兒孫自有兒孫福，以前安慰人家笑人家家的孩子，倒是用在自己身上了？」

「您……」

「人老了，沒幾年好活，就是捨不得兒孫傷心，哪個都捨不得……想開了，卻更貪心，你說沒有需要原諒的，讓人驚嚇傷憂也是過錯，從那麼小一丁點養到像你這麼大……嘴上說讓你們獨立，吃點苦長經驗，其實還是半點捨不得，更何況是這種事？」

「是……」

學弟回過神的臉，露出感動溫柔的笑容，讓看到的奶奶滿意的笑開了臉。

「出乎意料的是他那大哥口風也挺緊的，呵呵……我兒子媳婦那裡，暫時別去見了，你這鬼靈精一定知道之後該怎麼做，現在他倆還沒冷靜下來，等過些時候吧……想回來的時候，告訴他隨時可以回來，兩個老人家可沒那麼多時間等他，當然，你也是一樣，他忘了你得要提醒他。」

「我知道了。」

「這可是你說的，老人家記性再不好也記住了。唉呀呀……果然笑容真誠點，還是比皮笑肉不笑來得好，這樣笑起來多好看哪。」

「……那是壞習慣，您就當作沒看到吧。」

「好好好，不欺負你，別人家的長輩不能頂嘴還挺難過的啊，磨磨你的個性也好。沒事兒，就快點回去，那倔性子的孩子應該等著急了，出國前再排個時間過來吃頓飯，我想看他開開心心吃頓飯的模樣。」

「記得了。」

奶奶端著茶杯的表情笑得歡，學弟現在知道學長的笑容究竟是像誰的了。

「你請客。」

「我請客。奶奶想吃什麼？」

「麻辣湖魚？」

「不行。」

「這孩子怎麼這麼沒誠意……算了，回去吧，人來就好，開開心心，什麼飯都好吃。」

「孩子呀，你這菜的確做得不錯，可是再辣一點才香呀。」

「奶奶，就是那一點對您的身體不好，真想吃等我看不到的時候再說。」學弟微笑且恭敬的駁回奶奶的建議，替學長夾了塊排骨放碗裡。

✤ ✤ ✤ ✤ ✤

上次因為懶得動被人笑，爺爺這次竊笑起非常非常愛吃辣的奶奶。

兩人回來的時間本就有限，在回去前的前兩天，學弟跟學長再次拜訪這個家，亦如奶奶所說的，簡簡單單的四個人，簡單的一頓飯，下了功夫的一桌菜。

雖然早知道會出現誰，學弟還是很好奇奶奶究竟是用了什麼樣的方法清場。

「我跟他說今天有客人，叫他不要來。」奶奶喝了口湯，滿意的瞇著眼。

學長聽到回答，因為知道奶奶的個性所以猜得出答案，明知不妙還是笑了。

「沒問為什麼？」奶奶的說法太明顯，學弟心裡想著學長的父親應該是越說越想來吧？

「問了又如何？他是問了啊，我跟他說娘今天看到你不痛快不想看到你，難不成還得提早跟你報備不成？就掛電話啦，哪裡需要解釋什麼。」

學弟聽完忍不住趴在桌子上呻吟，這下子罪名又多了一條，那個不要來的想必火氣更大，根本是被整又被坑了……

學長苦笑拍拍學弟的肩膀，安慰這種東西聊勝於無，奶奶成心讓人難過的時候更是難纏得不得了。

「安慰他做什麼，手閒著就多吃點，喝碗湯，他是自找的活該，我都不計較那麼多了，平常他欺負你應該比你欺負他來得多，奶奶幫你欺負他，乖乖吃，不讓你吃虧。」

奶奶見整到人，邊說著，眉開眼笑的夾了菜給她寶貝孫子，還沒會意到他孫子紅了臉接下菜跟她老伴乾乾地咳兩聲是怎麼回事，就看到做這桌菜的人捂著嘴壓著笑聲忍得很辛苦。

奶奶還是沒想到是怎麼回事，看到被笑心裡不樂意不高興，皺起眉頭。

「沒有，沒事，我活該，嗯呵……您說的是，應該的，應該的。」

學弟當時幾乎笑岔了氣，而一直到他們倆離開，奶奶都還沒明白過來，所謂的欺負也是有很多種……不知道很尷尬的爺爺究竟會不會告訴她。

✤ ✤ ✤ ✤ ✤

睜開眼。

身邊是那個自己習慣的人，頭頂上的高度，椅子，小而密封的窗戶，彷彿很多聲音的安靜。

自己靠著他的肩，他熟睡的頭輕輕貼著自己。

很溫暖，即使只是這樣都能讓人不自覺的展露微笑，想想似乎很久沒看過他熟睡的樣子。

那天他回來的時候自己才剛醒，沒想到那麼快就能解決，驚訝之餘看得見他快樂溫柔笑容下隱藏的雀躍。

奶奶要求轉達的話容易的讓人幾乎不敢置信，他的雀躍歡欣是為了自己，在自己要求轉述的過程中露出孩子般的神情。

即使這樣也能很高興，雖然不是全部，但比沒有要好，有人陪伴，還有很多可以努力的時間。

還是不太懂奶奶與爺爺是想通了什麼所以接受了，也許好好想想，也許哪天老實的去問……弄懂這份用心是責任也是義務。

靠著自己的重量越來越沉，不太好動，還是替他調了調毯子，把自己的毯子也拉過去了點，明明是最累最花心思的人，卻是一天到晚哄著自己休息，頂著騙人的笑容四處走動。

如今，沉睡著……

貼著自己的頭蹭了蹭，停了一下。

原本閉著的雙眼輕輕睜開了條縫，以為是夢，閉上，又睜開，漸漸發現現在的姿勢是怎麼回事，還是很迷糊。

「醒了？」

學弟半睜著眼，覺得很溫暖，學長輕聲的詢問好像帶著興味的笑意，聲音又柔暖又清澈。

搖搖頭，順便又蹭了蹭，想把自己撐回原來的位置繼續睡，卻被拉住了。

「……學長？」

「剛才這樣睡舒服嗎？」

「……嗯……」

毯子下，學長拉過學弟的手，握著他暖透的手指與掌心。

「那就繼續睡，這樣就好。」

雖然想說可是，手被握著，頭被按著，撐也撐不起來……這樣被壓著肩膀不痛才怪……

「睡吧，不會很久的，最多就是到空姐送點心來。」

一陣安靜，分不清長短……帶著嘆息的笑聲低低盪開，靠著自己的身體緩緩地放鬆，放軟，呼吸變慢，越沉越緩。

明明很快就睡著了……

學長輕輕的笑著，吻了吻那握在掌心的手。

第四章 那句話

「我們結婚吧？」

那是兩個人認識的第六年。早早離開了實驗室，精挑細選的吃了頓舒適宜人的晚餐，看了場很棒的舞台劇，開車回家。

學長生日的夜晚。

然後，偉大的壽星覺得夜空很漂亮，想散個步……然後，兩個大男人坐在距離住家步行十五分鐘的公園裡的鞦韆上，乖孩子都被帶回家了，草地上的白花苜蓿沾著細細的露水，像是天上破碎的星光。坐在鞦韆上的學弟，帶著微笑，看著坐在另一只鞦韆上輕輕搖晃的學長，清晰而溫柔肯定的這麼說。

「嗄？」

與其說學長這種反應不解風情，遢著鞦韆享受難得清閒與愛人在自己身邊的寧靜時光，反應變慢以為自己聽錯了也是情有可原。

畢竟大部分的情況，男性是說這句話的人，而不是接受這句話的人。

「……學長……」雖然覺得那好像聽到又搞不清楚的表情很可愛，但學弟只要想到自己還要再說一次加上解釋，就覺得好像少了口氣，有點無力。

「是是是是是什麼事？」學弟有點可憐的溫柔聲音呼喚著，學長慌慌張張的回答結結巴巴，雖然搞不太懂到底是沒聽清楚還是自己腦袋打結了，但敲進心臟裡的那幾個字很確實的把血液體溫往臉上送，還好天黑看起來不是那麼明顯。

「我再說一次？」帶著微笑輕輕問，其實哪還有比對方的慌亂更好的答案。

「……」被這麼反問就算真的想求證，好像都變得矯情，問也不是不問也不是。

……今天好歹是我生日，怎麼最後你求婚還順便又整人……!?

如此想的學長紅著臉小不爽，正想轉過頭邋鞦韆發洩，學弟伸手拉住正要前擺的鍊子，連帶著握住了邋鞦韆的手。

原本就不怎麼涼的夏夜似乎瞬間熱到骨子裡，學長望著那張總是微笑的臉很認真的模樣，四目相接……然後，學弟輕輕低下頭，半垂下眼，不知道想到什麼的笑了。

「謝謝。」

「……什麼？」

「謝謝你曾給我的時間，謝謝你讓我擁有的時間，謝謝你花費在我身上的時間，謝謝你……」

學弟清晰而緩慢的訴說著，感覺到學長那被握住的手害羞得直想抽回。「總是願意預留未來的時間給我。」

「……不客氣。」不自覺的缺了底氣，略小的聲音就怕心情決堤。

「你願意讓我分享你往後所有的生命與責任重擔嗎？」

「……你呢？」

「我願意，你在的地方就會有我想回去的地方。」

……怎麼就是有人能把肉麻的話說得這麼流暢……

「學長？」

「……不後悔？」

轉過頭，看著一盞又一盞的路燈，學長也不知道為什麼出口的是三個字。

「不後悔。」

聽到學長的問題，聲音裡忍不住染上笑意。

「我很任性。」

「我知道。」

「結婚其實只是一張紙……」

「那棵樹倒得最有意義。」

……這是什麼冷笑話……

學長想歸想，嘴角還是不爭氣的上揚再上揚。

「學長？」

「是？」

「我們結婚吧。」

無關嫁娶，即使沒有法律效用也無所謂，是決心、承諾、約定，還有往後每一天的日子。

「……好。」

聲音裡有著感動跟高興，學長覺得自己現在一定笑得跟白癡一樣，怎麼也無法回頭看看那個跟他求婚的人。

好慶幸那個時候，我們都沒有放棄。

✤ ✤ ✤ ✤ ✤

官身不自由。

六年後的今天，學長是助理教授，學弟是助理研究員，當初的同事幾乎都還在，除了尤莉兒跑到南加州任職，一年難得見上一次面之外，其實大家都還在同一個學校、同一個團隊，最多就是傑瑞搶輸職缺被學長給踩下去，眼看著學弟又要爬到他頭上。

大塊頭凱恩的塊頭當然還是很大啊，耿直的個性依舊很好騙。

學長的生日之後就是期末與暑假，學生就算擔心成績仍舊可以放暑假，助理教授和助理研究員就不可能這麼好命，研究計畫還有學生的考卷一疊又一疊，想甩手結婚去，還有必須跨越的關卡。

學弟當完兵回到美國被正式約聘的時候，實驗室的人就知道兩人的事，既然如此，這種事也沒什麼不能說的……如果想向實驗室請假，遲早還是會說清楚。

「……什麼⁉」

就算祕密不是祕密，實驗室的人還是會有種驚訝的超現實感受。

「我們要結婚了。」向來以欣賞別人的表情為樂，學弟當然不介意再說一次。

「OK，STOP！我聽得很清楚。」傑瑞平舉雙手露出受不了的表情，「你們哪位告訴我，這是什麼時候決定的事？」

實驗室的研究員與研究生陸陸續續結束手上的工作靠過來，就算要說一聲祝福送禮物，那也是好奇心被滿足了之後。

「幾天前。」

面帶微笑面帶微笑，學弟的答案有說等於沒說。

於是傑瑞也跟著笑，只是臉上多了青筋，眼神東飄西飄的想答案。

「幾天前……？很好，真是簡單明瞭又科學的幾天前……我想想……結婚就有人要求婚，求婚是大事……」指著學弟，「你求婚？」

「是。」

傑瑞挑了挑眉毛，一臉壞笑昭告天下他想到了答案。

「你生日的那天？」

「賓果。」學長用手中的可樂罐敲上傑瑞手中的馬克杯，恭喜他一點都不笨。

「真是……你幹嘛答應他，多整整他或是叫他打下切結書不是很好？」

平常在學弟手下輸了不只一次兩次，這種時候不來亂一下實在對不起自己。

「傑瑞，不要因為自己這輩子用不到這句話就這麼高興。」

「你說誰用不到!!」

明明條件不錯的傑瑞至今單身，雖然當事人很有意願……反過來說這件事就是地雷引爆點。

「我詛咒你用不到，最好你不挑了之後還是男的女的都沒有。」

這種詛咒太狠毒，一時間旁聽的其他人，只能很有良心的在心裡暗自苦笑。

「好了好了，我們還沒問……你們這種說法是想辦婚禮吧，想在哪結婚？什麼時候？」

「……還沒決定好。」難得的，回答的學弟語氣遲疑。

「什麼意思？」

「等該聯絡的人都聯絡了，才能決定吧……」學長含著可樂，腦袋裡閃過要通知的名單，有種不要結婚好不好的衝動。

「凱恩，尤莉兒就拜託你通知了，我們去通知老闆。」

在場都是聰明人，再多待兩下難保不會出現讓人為難的關心或是啼笑皆非的挖苦，學弟眼明手快的拉起學長離開實驗室，畢竟還有很多事要從長計議。

老闆的反應則相當乾脆。

「喔？要結婚？恭喜啊，哈哈哈……什麼時候？在哪裡？嗯？還沒決定呀，我想帶我老婆女兒參加，她們兩個好喜歡你們……現在六月初，不趕的話八月底怎樣？」

暑假是各種國際研討會的旺季，老闆大人的意思是「請等我有空你們再結婚吧，因為我想攜家帶眷的參加。」

而實際上……訂教堂打聽地點餐廳聯絡朋友家人……想找個大家都能來的日子，算算也差不多就是八月底，還好不用講究什麼禮俗或像新娘那般試妝試婚紗，不然兩個月只夠看著來不及。

「你打算怎麼告訴你家那邊？」平均一年回去一次，當研究者難有長假，反過來說願意的話天天都是假……學長結束網路訂票，替學弟跟自己倒了杯洛神茶。

三年多前彼此家人的反應是無法忘卻的清晰，在三年來的時間距離以及很少的見面次數裡漸漸改變。學長家的爺爺奶奶當然不是問題，三年後的今天還是能一搭一唱的在電話裡挖苦學弟，精神非常好；學長家的母親與兄長（大哥例外）則是已經能說上兩句，交換關心與善意，父親則是沉默以對，三年多來學長只有聽到父親與其他人交談的聲音，卻從未正眼好好說上什麼。

「直接說就好，會來的就會來，不會來的綁都綁不來。最後應該是老弟跟妹妹來參加……學長呢？如果跟爺爺奶奶說，應該能全員到齊吧？」

學弟家則是另一種相反，較為頑強沉默的是母親一方，但至少還是能交換生活的瑣事，聊一聊，或是在難得回去的時候被使喚做那做這在廚房被嫌棄。看在學長眼裡，這種努力做到的普通與細碎爭執，是被賦予善意與努力的心思，是家人對待家人的方式——雖然學長偶爾也會被毫不客氣的使喚，不過總是有兩張以上的無奈臉孔陪著自己，被那豪邁的聲音指令左支右使，被當成家人而不是被當成客人的感覺總讓學長不自覺的想笑。

學弟知道了之後只是說「不用白不用。」，告訴學長別太天真……學長則是認為以這對母子的彆扭程度，自己的想法才是正解。

「不知道……照規矩應該是先跟我爸媽講好，再告訴爺爺奶奶。先告訴爺爺奶奶可能會讓我爸更反彈，家裡好不容易平靜了一點，我媽應該還可以，至少先告訴我媽……不過結局可能還是一樣，參加婚禮這種事，爺爺奶奶絕對不會逼我爸來。」

「為什麼？我以為老人家會覺得家長一定要到。」學弟皺著眉頭覺得手中的洛神茶太甜，從冰箱裡拿出無糖的那瓶換杯子兌了兌，又回到原來的位置坐下。

「不，爺爺跟奶奶……我家的長輩覺得喜事就一定要真正的開開心心，不管是結婚的還是來參加的都不要有絲毫勉強，這樣才是個愉快的好婚禮。我二哥結婚的時候嫂嫂那裡繁文縟節多，其實只是想炫耀女兒嫁了個有錢人，結果硬是被爺爺奶奶簡化了一半，省下來的錢全給了嫂嫂娘家。」

「這樣就沒意見了？」

「怎麼可能，只是被奶奶一句謝謝你們這麼好的人讓我孫子能娶到這麼好的媳婦，半捧半挖苦的堵住了。如果還是要炫耀顯得太沒品格，奶奶把那些錢訂製成漂亮又實用的首飾，給了二嫂和二嫂的母親奶奶，不然我二哥搞不好會在婚禮上過勞死。」

「……奶奶這招……」

「你可以放心至少這次不會出現。不過回去你大概又會被奶奶稍稍挖苦兩下，奶奶很喜歡你啊，看到你那愛玩勁就上來了，爺爺也是，尤其你又會打牌，非常對奶奶胃口。」

「……學長……」

說到打牌，學弟的表情像喝了黃蓮湯，苦哀哀的表情欲言又止。

「嗯？」學長的表情似懂非懂。由於牌技不是很好，所以身為孫子的學長除非奶奶想打家庭牌或是缺牌腳，很少上牌桌陪奶奶打牌。

「……這次回去可不可以幫我想個不打牌的藉口……」

「咦？你不喜歡打牌？我都沒聽你說過。」

「跟奶奶同桌打牌我是降低平均年齡的那個，跟老人家打牌壓力很大。」

「……我記得我跟你說過奶奶這個人很不記仇，牌桌上本來就六親不認。」

「……拿著地聽清一色或是混一色四暗刻你敢胡嗎？輕輕喊一聲胡了，說不定只有看牌超清楚的老人家也跟著輕鬆倒上一兩個。」

「……那又不是每一……？不會吧？手氣這麼好？」

於是學弟很難過很難過的長長嘆了口氣。

「……那是手氣太背。大牌不敢胡，拆牌又不能被發現，偏偏每次跟奶奶打牌的時候手氣好得像是詛咒，小贏小輸幾乎是作夢。」

「……奶奶一定發現了。」

「連打三年沒發現才有問題。奶奶光看我打牌都非常愉快吧？」

……哪有人像你打得這麼痛苦……看你內傷真是超有趣……

「好牌不胡運氣會變差。奶奶他們在牌桌上絕對堅韌，區區三五十台絕對不會有事，你今年就從頭胡到尾，明年奶奶就不會想找你打牌了。」

「不想藉口？」

「想不出來。而且學弟，你很奇怪欸！打牌胡牌天經地義，奶奶又沒有要你放水，你牌技又沒比奶奶好，你就胡啊，幹嘛想那麼多!?」

「是是是……」

四個人加起來破三百歲，學長你不擔心他們激動到心臟病發，我可擔心他們做鬼都不忘跑來找我翻盤……

學弟把漸漸不冰的茶放回冰箱，既然訂好機票，接下來當然就是整理行李了。

✤ ✤ ✤ ✤ ✤

曾經以為會賣掉的公寓，不知不覺，成為每次回來的據點。不斷繳納稅金與基本水電費所供養的房子，在決定不賣之後也就沒有租人的打算，連學弟那其實讀同一所大學的弟弟都沒能暫住在這裡。

被緊閉的門窗與防塵罩所保護的並非只有家具與房屋本身，即使這裡對兩人來說，也許是總有一天再也不會回來的地方。

夏天的城市，在污染的薄霧裡扭曲，炙熱燥動。即使如此，室外的風吹過甫清理完的室內，還是涼爽得讓人讚嘆。

一如過去幾年每次回來就會有的必然行程，拜訪以前的學校，回實驗室坐坐，聯絡以前的同學學姐，看看各自的朋友家人。

回實驗室，當初認識的都沒有留下來，若想介紹自己還得指著實驗室牆上的大合照。雖然過去幾年也有回實驗室，但在人來人往的實驗室裡，遠在國外少見面、又已經畢業三年以上的學長，最多就是有印象。

至於老師，則因為正在擔心年底的國科會計畫趕不完而少了點活力，除此之外仍舊是副一輩子心不會老的那種開朗研究者。

「其實學長也是啊。」

學弟聽到學長給老師的評價，面帶微笑的這麼說。至於學長本人則是抱怨做研究一點都不賺錢，等他玩夠了隨時回頭做生意……

結果，兩人並沒有告訴曾經的老闆。與其說遺憾為難感傷，學長學弟兩人都認為跟老師好像沒那麼熟，既然當初就不知道的事，其實就這麼平淡的過去也好。

對於通知這件事比較需要經過天人交戰的，反而是通知當時的女性們——對學弟來說是眾多的學姐跟同學，對於學長來說則是一大票的學妹……如果有本事一輩子不讓她們知道的話當然是不通知也無妨，反過來說，如果沒有善盡情誼的盡到通知的義務，不要說被詛咒個十年再十年，用快遞寄來插滿釘子的稻草人或是詛咒娃娃報復也是大有可能。

然而，不管是打電話或是寄喜帖，都讓兩人感到非常彆扭——總之就是有種說不上來的違和感，感覺怎麼做都很怪，造成兩個人拿著從實驗室新打印回來的通訊錄看了很久，還是在思考該怎麼開口比較好。

「喂，XXXOX中心您好。」

撥通電話……曾經認識的聲音在使用假音後，嬌柔的讓人毛骨悚然，學弟努力忍下吐槽學姐的衝動，以沉著和善的聲音進行標準應答。

「請問這裡有一位A小姐嗎？」

「我就是。」

電話彼端變得更嬌嫩的聲音聽起來有些……興奮期待？學弟一邊想著不會吧一邊祈禱學姐不會以為被整了而掛電話。

「學姐，是我。應該沒在忙吧？」

「……忙翻了，我先掛電話。」

說著說著聲音還真的越拉越遠。

「學姐，少沒風度了，不過就是發花痴的對象弄錯人，我又不會笑你。」

「你以為我看不到你的臉就不會知道你在想什麼嗎學弟?!你這種爛個性這麼久沒見怎麼還是一樣啊！」

A子似乎是惱羞成怒，霹靂啪啦說了長長一串，的確說的也不是全錯。

「考慮到學姐會認不出來，只好努力保存。」有事商談告知，學弟多少還是知道適時務的。

「……我真是心疼學長啊……」

悠悠的，電話彼端傳來學姐A亦真亦假的喟嘆。

什麼跟什麼……

「學姐，別裝了，你這樣哪有忙？」

「啊對，那我先去忙啦！下次有空再慢慢聊，先這樣！」學姐A發現學弟今天好客氣，不把過去沒玩到的份玩回來簡直對不起自己!!
「好吧，既然學姐沒空聽電話，那我就寄帖子過去，照實驗室的通訊錄地址收得到吧？」
學弟大抵上總是非常溫柔體貼的優雅聲音語帶遺憾，沒有多做掙扎的就提出了方案二，親切得讓電話彼端的學姐A子，呆然沉默了非常久。
「帖、帖子!?什麼的帖子!?誰的帖子!?幹嘛的帖子!?啥時的帖子!?」
回應學姐大人驚慌失措聲音的是學弟輕快且愉悅非常的笑聲，在遙遠的線路兩端，兩個人瞬間就交換了立場與心情。
「學姐怎麼這麼慌張？啊，該不會是老闆出現？真不好意思，我還是乖乖聽話先掛電話，不耽誤學姐，學姐慢忙，再見。」
「馬的死小孩給我等一下!!再見個洨！老娘的問題你是沒聽到喔!!」
「……粗口。」
學弟小小聲的指責挖苦穿過話筒，聽在學姐A耳裡是再清楚不過的讓人憤怒。
「靠夭你個大西瓜什麼粗口！你知道自從畢業之後我多久沒用這種專業術語嗎!?你是特地回來破壞我優美涵養就對了是吧!?把你刻意語焉不詳的內容立刻說清楚!!」
似乎成為社會人士之後，學姐A對於奇怪拗口的句子也能流暢的得心應手。
「學姐這麼暴躁不就是猜到答案了？」學姐A越是暴躁驚惶的逼問，學弟的語氣就越是輕柔愉悅。
於是學姐A子開始努力調整心情，在電話彼端好久好久不出聲音的不斷深呼吸。「是，你不才的學姐我猜到了。」經過一番奮鬥才轉為平和的語氣透過線路隱隱散發出咬牙切齒的殺氣，「那咱們實驗室的準新郎倌，你應該既沒被甩也沒換對象吧？」

「……學姐你是在詛咒我嗎？」

「哼，所以是你娶他還是他娶你？兩位都是新郎的婚禮好奇怪啊……真的要結婚？」轉移目標就能轉移心情，所以現在學姐A子平靜了。腦袋裡模擬學長學弟結婚的場景，忍不住再確認一次。

「學姐，我不會拿這種事開玩笑，別人的話另當別論。」

「嗯嗯嗯……你通知幾個了？啥時的婚禮在哪裡啊？」

「學姐是第一個，時間大概是八月底，地點未定。不過一定不是在台灣，想觀禮的話請存機票錢。」說到地點，學弟語帶躊躇。

「啥!?八月底？最好你帖子來得及啦，而且既然邀請我們參加婚禮，我要申請機票補助！機票很貴欸，現在這種旅遊旺季超難訂票，現在是六月，你在月底以前一定要決定好，不然我們有錢想去都可能訂不到票。」

學姐很現實也很有建設性的發言讓學弟沉默了。

「喂？學弟？手機收訊不好嗎？」

「……沒什麼。我儘量，月底前會敲定日期，請先把時間留下來。」

「喔喔，怎麼……」感覺學弟的沉默別有含義，A子的聲音泛起扭曲邪惡的光澤。「我不記得我剛剛說到什麼天大的難事能讓你沉默啊？」

「……天將降大任於斯人也……」

「啊哈哈哈哈哈～!!」話筒裡的笑聲仗著距離肆無忌憚，「自作孽不可活啦啦啦～！學弟啊學弟這就是報應呀報應！你就認命被學長家的長輩趕出去吧哈哈哈～!!」

雖然按照本能很想反駁，但基於不想在無謂事物上浪費時間，學弟明白有時也該適度的放棄某些堅持。

✤　✤　✤　✤　✤

以下類推。

不，應該說，類推條件僅限於同學學姐損友等等的一干人等。畢竟從開始以來的重頭戲就是學長的家人以及學弟家的家人，如果能平靜的告知，就算不會來參加婚禮，也是很讓人高興的進步。

既然如此，做事相當有計畫的兩人自然會先去找比較有威信又安全的對象。

「哎呀，好久不見。我家孫子你照顧的還不錯嘛！」

從個性到想法都很開明的老人家，劈頭見面就是這種很親很親不客套也不客氣的話，過去的時間裡欺負小輩慣了，已經能很自然的看到人就開玩笑。

當然，稍稍玩一下自家的孫子也是一定要的，這種招呼很簡單的就能調侃到，至今還是會有反應會臉紅的學長……似乎是面對自家的長輩就會加倍的不好意思。

然後基於學弟的……哀求，這次兩人到訪的時間是跟爺爺還有學長的大哥打聽過的，是一個奶奶的牌搭子都不在，或是昨天打完今天累了的休息狀態，四個人聚在一起聊聊天說說話，學長也只有在自己的爺爺奶奶家才能看到學弟乖巧吃鱉認命傻笑的模樣。

上了前菜培養好情緒，很自然的如此如此這般這般的順應情境，兩個人……主要是學弟，把將要結婚的計畫告訴兩位老人家。

兩個老人聞言一愣，看著眼前的兩個孩子，露出好奇的表情。

「你想要娶我家孫子？」奶奶看著學弟，很認真很好奇的問。

「誰說我要嫁給他!!」

「喔……」爺爺喔了一聲，點點頭。「那……你想嫁給我家的孫子啊？」

「誰說我要娶他了!!」再次發出抗議，學長臉紅紅有些氣急敗壞。

「喔……也沒有。」聽見學長的抗議，爺爺發出如是的感想，於是兩個老人家又點點頭，看向學弟。「既然都沒有，那你來幹嘛？」

學長立時呈現呆機狀態，像是咬斷自己舌頭一般很痛很痛的悔不當初；學弟則是在尷尬和呆滯之後，很甜很甜很討好的笑了。

「告訴你們我們要結婚了啊！」

「我家孫子一不嫁你二不娶你，怎麼結婚？」爺爺抽著煙斗，挑著眉毛。

「當然可以，那是我給他的承諾與決心，用一般的說法本來就不太適用。」

唔……

「年輕人還真是熱情啊……」這麼認真直白的話一說，老人家一下子覺得好熱好熱啊……

「我很愛他嘛。」甜笑。

桌子底下學長死命扯著學弟的衣服，覺得自己尷尬臉紅到了極點……這傢伙說得出口自己還聽不下去聽不習慣啊啊……

「可是我孫子好像受不起呀，臉都紅了……好啦，別扯，這種肉麻話小倆口應該是一個愛說一個愛聽才對，奶奶怎麼就沒發現你這麼怕羞呢？」

學長一整個無言，這種時候你能說什麼⁉這不是說什麼都像是奶奶在應對要出嫁的閨女⁉怎麼說怎麼都怪啊啊啊～～～！

「可是話說回來啊……」

玩什麼都點到為止，奶奶很快的就轉移了注意力。

「是？」被奶奶用目光點名，學弟當然得自己乖乖站出來應聲。

「我該叫你孫媳婦兒，還是賢婿啊？」

這真是個好問題。

奶奶的問題讓學弟臉上的笑容瞬間凍結，既然學長說都不是，那顯然兩個都不能選……事實是選哪個也都不適合。

『您喜歡怎麼稱呼都好啊。』

……想是這麼想，腦中浮現的常用的裝傻裝可愛的句子瞬間又被否決，如果不想往後在奶奶斷氣前一見面就被胡亂叫些稱謂代號，這種就是萬萬不能選……這兩個老人家何止是會當真，是會執行！

學弟腦袋裡飛快轉過千頭萬緒，現實時間也不過就一眨眼。

「……您把我當孫子就好啦，結婚後就是自家人，這樣您不是就多了一個孫子？」笑盈盈的，與這兩個老人家相處多年的鍛鍊下，學弟早就知道怎麼樣個無賴法會有點用……人說多了媳婦像多女兒，多了女婿是多半子；以此類推，自己說多了個孫子不為過吧？怎麼說他也兼兩者而有之啊……

「好滑頭的答案！」奶奶嗤笑著，沒好氣。

「是奶奶的問題太壞心，別怪我。早知道我就把學長綁走不回來，哪還每次乖乖回來給您請安？」學弟倚小的語氣很賴皮。

「啊，老伴，你被孫賢婿嫌棄了。」爺爺聽到學弟的辯駁，頑皮的嘿嘿笑，信手挑了個稱謂用。

「誰說他是孫賢婿了!?你孫子明明說不是。」

「可是孫子也說要結婚，好像很認真……哎哎，老太婆啊？」

學長跟學弟看著爺爺奶奶一搭一唱，只能乖乖等著聽。

「怎麼呀？」

「不然這樣，我叫孫賢婿，你叫孫媳婦。下次他們來，咱們再換換，好不好？」爺爺拿著煙斗比手劃腳，同奶奶認真打商量，抖著白眉毛的表情也很認真。

「真是沒辦法……」奶奶很認真的嘆口氣。「這些孩子們也真是的，丁點兒小事也搞不定，那也只能勉強將就了呀……」

這樣還將就!?媳婦賢婿全都叫了還將就？

學弟心裡感慨，當人家長輩就是這點好，勉強將就便宜還是丁點不落。

學長則是捂著臉，爺爺奶奶一口賢婿一口媳婦的叫學弟，那我算什麼……就算的確是互……不，究竟為什麼會離題這麼遠……

「害羞什麼？我們兩個老的又沒瞎，你們兩個不是睡也睡了，怎麼每次開玩笑就臉紅，這樣怎麼行？」

怎麼不行……學長心裡咕噥咕噥，明明報紙都看不清楚，碰到這事何止是沒瞎……

兩個老人家看著自己孫子的表情哈哈大笑，也不知是自家的孫子有趣還是學弟尷尬又非得裝乖的表情好玩。三年過去，以老人家精明的雙眼跟閱歷，老狐狸三個字的狡獪程度當之無愧，就算學弟精得跟鬼一樣，碰上學長家道行高深精得成仙的長輩，也算被整得老天開眼。

「你爸那裡打算怎麼辦？」玩也玩了、水果也吃得差不多，爺爺捻起煙絲塞進煙斗裡，心裡其實明白孫子不是先告訴父母的那種無奈遺憾。

「我已經打電話跟大哥說過，我會先跟媽談談，然後找機會再跟爸講。」學長嘴裡咬著水果，老實的說。除了誠實告知，其他事不敢太抱期望，父子間一別三年的過去與現在，沒有人可以忘記。

老人家聽了之後不耐煩的嘆氣。

「你那個爸爸啊……怎麼說都想不開，該說他是不知不覺有錢久了，被自己慣壞了嗎？生孩子養孩子那麼辛苦，不就是要一家人和和氣氣好好的幸福過日子，為一份面子嘔氣，他又有多少時間好後悔？我們這兩個老的又有多少時間等他想通呢……」

「對不起。」

奶奶抱怨似的感慨著，但當學弟輕輕說著對不起，大家還是很驚訝。兩個老人家先是微微一呆，然後慈祥頑皮的笑了。

「雖然是有點久了才聽到這句話，不過，沒關係，孩子，沒關係。其實你欠我們的也只有一句對不起，然後我們兩個老的會跟你說沒關係，許多事都是秉持著坦誠的心意就好，人往往真正想要的也不過就是這個。你的脾氣也算是越鬥越拗的那種，所以個性也就不怎麼可愛又不坦率，要多改改啊。」

「我想可愛就不用了吧奶奶，我變可愛對您的心臟會有莫大的傷害，還是算了吧。」

雖然是溫柔的話語，但到最後學弟仍是被小小的挖苦，頑皮的內容以及學弟的反駁都緩和了氣氛。

「唉呀呀……真是的。不過關於這件事？」

「是？」

奶奶眼睛瞟向老伴跟學長，後者認真聆聽，前者則是心領神會的接下去說。

「你先回家跟你哥哥媽媽都講好，然後再告訴我們，我們兩個老的請吃飯，你爸爸一定會來的。」

「這樣好嗎？」學弟問的遲疑，這種方式有種高壓手段的味道。

「沒有什麼不好的啊年輕人，」爺爺聲音愉悅，煙斗裡的火忽明忽滅。「既然給他時間想不通，老人家可就沒時間再等他了。」

「娘叫他聽話他會聽話的。雖然一把年紀還想不開，但是很孝順，只是叫他跟自己兒子和好一點都不難，兩個老的都給他台階下，他還有什麼好擔心，橫豎有意見都是買你的帳。」

奶奶笑笑的指著學弟，學弟則是難掩一副怎麼又這樣的表情。

「不找你找誰算帳？你倒說說啊？今天如果是我家孫子拐跑人家家的小姐，那情況就會換一換。可惜今天是你拐跑了我家孫子，他爸爸看不到美美的像女兒一樣的媳婦，卻多出了一個臭小子，你讓他希望落空怨氣找誰去？」

「……也就是說當加害者善後無所謂，當受害者就翻臉……」雖然這也是人之常情啦……

「嗯？你嘟嘟囔囔的說什麼？」

「沒什麼。」學弟當然還不至於把小小聲的內心話送到老人家手上任人開刀。

✤　✤　✤　✤　✤

因為是兩個人的事，尤其是這麼重要的大事，一向尊重學長意見的學弟在這種時候，自然會比平常更慎重看待學長的想法。

爺爺奶奶跟他們套好招，也要學長先跟父親以外的家人知會好。

學弟原本以為，怕見面尷尬的學長會一個人回家，或者，在自己也在的情況下，把人約在外面的餐廳見面，吃個飯，說一說。

本來以為最多就這樣。

只是跟兩個老人家待了一個下午離開後，輕輕垂著眼的學長走在街頭，卻突然很溫柔很平靜的綻開了笑容。

那種想通了什麼的愉快表情，讓學弟在驚訝錯愕的同時，也不自覺的跟著放鬆擔心，腳步輕快。

那天之後的時間，學長拖著學弟去了很多的地方。

而學長的家人們（父親除外），則在一天多之後，收到了風格既讓人懷念又讓人莞爾卡片——細細拼貼的美術紙或是從包裝紙報紙上剪下來的雜圖照片、白得很漂亮的底紙、用色鉛筆和粉彩手繪的插圖，上面的字是家人們都很熟悉的，整整齊齊看著就能讓人揚起微笑的可愛字體，那並非刻意為之，而是書寫者的字本來如此。

那是個簡單的邀請函，信封上是學弟瀟灑飄逸的字，一個晚餐聚會的邀請。

地點在九樓。只是，不是餐館，不是飯店。那裡是兩人的起點，生活與回憶的地方，也許又會被罵的主角一號兼任大廚，應該也會跟著被碎碎念的主角二號則是主辦人、地主、兼服務人員。

「大廚你要加油啊！」邊翻找東西的屋主邊拍著學弟的肩膀調侃加油，看學弟苦惱的轉筆想菜單。

學長只是想邀請他的家人走進這裡，這個家人明明知道卻一次也沒有靠近的地方。想讓他們看看生活過的痕跡，希望他們能明白距離與牆籬是尊重而不是拒絕，也不是不可碰觸的危險祕密。

學長相信他們會出席。

✤ ✤ ✤ ✤ ✤

「小叔叔～～～!!」

打開門，學長很意外發出聲音的對象低於視線，伴隨著軟軟嫩嫩的童音就是小生物啪的撲上來。

「……二……二嫂？」學長在驚訝怎麼會看見嫂子的同時，此起彼落叫著小叔叔的嬌嫩童音接二連三的巴到他身上，比較小的男孩子已經開始爬樹了。

「不請我們進去嗎？你兩個哥哥在停車，很快就上來。你們兩個！快下來！沒禮貌！看到小叔叔要說什麼？」

學長還沒驚訝完就看見大嫂也在，輕聲交代了兩位哥哥的去向後，把兩個小頑皮從學長身上拉回地表，從兩個小孩的表情，可以知道母親們的威嚴不是假的。

「好久不見～～～」異口同聲。

可惜乖巧在站好的時候用完了。

「是『小叔叔好！』!!」

學長一直笑一直笑，看著被敲頭的小朋友很彆扭的又說了一次小叔叔好就鑽進門裡，他也拿出拖鞋請兩位嫂嫂進來，沒多久，則是哥哥們還有與哥哥們一起出現的母親。全員到齊讓從來也只有兩個人兩隻貓的屋子，瞬間充滿熱鬧的氣氛，更別提小孩子轉來轉去的在大冒險，三不五時還會聽到原因不明的尖叫。

「好熱鬧啊，」學弟端著冰茶出來，看不到他腰高的小孩子把他當成掩護體捉來躲去，學長的哥哥嫂嫂正不好意思自家的小孩不乖，招呼打的尷尬，學弟卻朝他們點點頭，笑笑的低頭看向終於發現這個人不認識的小朋友，手上端著東西既不蹲下也不往前走。「要不要喝？甜甜的，要喝就坐好，我替你們拿杯子。」

小朋友頭仰得脖子快斷了，看不清楚就是看不清楚。

「你是誰啊？那個綠綠的茶是什麼？」

「猜對我是誰有點心。不過，問你們要不要喝都不回答我，所以我不告訴你們這個是什麼。」

學弟笑容狡黠，把一整壺的冰茶放到茶几正中間，數目剛好的杯子遞到每個大人的手中。

「……這個……他們喝好嗎？」大嫂捧著涼透的杯子，有些遲疑。

「這只是花草茶，沒有咖啡因。主要是薄荷，加了點蜂蜜和其他的，想成是加了蜂蜜的青草茶就好，基本上隨便喝也沒關係。」

學弟剛回答完，掙扎結束的小朋友開始一個一個的把自己塞在大人的縫隙間，齊刷刷的看學弟。

「我們坐好了!!」

「哦？然後呢？」

「我們想要喝這個！」

「我沒聽見。」

在座的大人小孩聽到回答都瞪大眼睛傻了眼，只有學長咬著杯子偷偷笑。

「為什麼!!你騙人!!」

「咦？說來聽聽，什麼時候？」

「你剛剛明明說我們坐好就給我們喝的!!」

「不是吧，你們要不要背一遍我剛剛說的話？啊糟糕，你們這麼笨應該背不出來。」

學弟笑，坐在沙發上的大人也在笑，小朋友腦袋瘋狂轉，可是眼前這個人的話好像越想越奇怪……

「我們不笨!!」

小朋友就是小朋友，好像記得很多又好像記得很少。

「喔，不笨就不笨啊。」學弟拿著托盤轉身就要回廚房。

「等一下!!」

聲音嬌嫩但是有魄力，可惜被學弟一腳踩過去。

這下小朋友可著急了，想吃吃不到，本能的知道大人不會幫他們而眼前的這個他們要賴沒用又惹不起。

「……叔叔……？」

「嗯？」

發話的是個小女孩，試試看的表情顯然沒想到學弟真的停下來轉身看著她。

「我……我想喝這個茶，可不可以？」

「可以啊，你想要大杯子還是小杯子？」笑容燦爛，變臉如翻書的燦爛笑容讓小朋友全都呆呆的。

「我可以要大杯子嗎？」基本上手足抵不過食慾，小女孩聽到學弟的回答很雀躍。

「我再給你加上漂亮的吸管好不好？」

「謝謝叔叔!!」

小女孩高興極了，而旁邊的小孩則找到了範本。

「叔叔，我們也可以喝嗎？」

學弟點頭。

「想要喝的舉手？」

這次的回答就很乖巧很整齊。

「我們可以要大杯子嗎？」看學弟一直沒問這個問題，其中比較貪吃的小男生忍不住問出口。

「不可以，那是第一名的獎賞。還有問題嗎？」

「叔叔你剛剛為什麼不理我們？」

「因為我討厭笨小孩，非常非常非常的討厭，所以不知道為什麼我就聽不到笨小孩的聲音，你們剛剛顯然不夠聰明吧？坐好等飲料。」

見小孩全都乖乖坐著還在想學弟的話，學長的二哥忍不住跟學長說悄悄話。

「你家那個……還真是厲害……不過他是認真的啊？討厭笨小孩？」

「呃……是……他真的非常討厭笨小孩。」只差一點就變成看到笨小孩死小孩就掐死他……

「還真可惜……」

「欸？」

成年的三位女性輕溢出口的感慨讓在座的男性們整齊回頭，作老公的哥哥們比學長還要驚訝。

「啊、沒、也沒什麼啦。」二嫂沒想到自己真的說出口，看到媽媽跟大嫂都跟自己一樣，不明所以的鬆口氣。「只是看到剛剛的畫面，想到這樣的人……不會有像我們這樣的……家庭，不知道為什麼覺得有點可惜。」

兩位哥哥既有同感也覺得尷尬，反倒學長毫不介意，臉上很溫暖的浮起了笑容。

「聊到什麼笑得這麼開心？」

不知何時學弟把小朋友的份都拿了出來，聽到問題，學長仰頭把剛剛的對話又說了一遍，然後換成學弟一臉頑皮的笑容。

「你那什麼笑容啊⁉」二哥看著學弟的笑容，還是覺得很欠揍。

「沒什麼，謝謝你們。只是養小孩太辛苦又麻煩，我這麼懶又沒耐心的還是罷了吧，兩位哥哥多努力，回頭借我們玩就好，消耗小鬼頭體力這種事我們還能勉強擔待擋著用。」

「多努力」跟「借來玩」讓從來也沒在學弟手裡吃過虧的哥哥和嫂子們，傻了眼的反駁「你在說什麼啊」之類的徒勞掙扎，反倒是學長跟自己的母親呵呵哈哈的在旁邊笑得很開心。

「你廚房還在忙，就不要管我們，不需要幫忙嗎？」學長的母親邊笑邊看著在她眼前輕鬆平常，就像什麼都不知道時那般面對她的，自己兒子的……心中有種複雜的感觸跟溫柔。

「沒關係，其實都差不多了，既然都這個時間，請各位上桌就坐吧。」學弟笑得清淡，畢竟這樣的反應很正常，也很讓人溫暖。

由於來了預定之外的人數，坐上餐桌的也只有兩位哥哥以及學長的母親，兩位嫂子以及一票的小孩則是圍在客廳的茶几旁，畢竟母親們的鎮壓，對小孩的用餐狀況有非常重要且正向的影響。

「怎麼會想到請我們過來吃飯？」二哥夾起一塊咕咾肉往嘴裡送，筷子又伸向蔬菜卷。

「因為你們從來都沒來過，所以，他想讓你們來看看。」學弟說著，夾了塊雞肉到學長碗裡。

因為做足心理準備，所以同桌的人看到這樣的畫面，雖然覺得彆扭尷尬，但還能接受。

「……讓我們來看看？看什麼？」發話的還是二哥，語氣中有些挑釁。

「看看我們住的地方，生活的樣子，」學弟聽到語氣，笑著把一盤百合炒時鮮換到二哥的面前。

「看看我們。」學長掛著微笑的回答讓二哥閉了嘴，連母親也緩下筷子。「三年前之後，就沒這麼聚在一起過，唯一有跟我們聯絡的也只有爺爺奶奶跟大哥而已……已經很久不曾好好的看看彼此，也很久沒好好說過一次話。是我想邀請你們來，看看我們。」

「先吃飯吧，其實不想那麼多也無妨，很久不見的家人在眼前，其他的並不重要。」

聽到學弟的和緩發言，二哥不以為然的挑挑眉。

「所以你這個其他也不重要？」

「如果能讓他開心，大家都開開心心，不重要也很好啊。」

理所當然的回答讓二哥啞口無言，倒是大哥啃著排骨幸災樂禍的哼哼笑。

「見識到了？我就跟你說嘛，你瞎耗著取鬧沒用又不好看，真有用這兩個也不會一晃這麼多年。」大哥平淡的說，啃完了骨頭又夾起了魚。「不過，你們兩個，這次又是什麼事？媽不知道該怎麼開口，你二哥搞不清楚狀況，我知道你們兩個不只是請我們來聚聚，所以，什麼事要請我們出來避開爸爸？」

對視著學長家大哥不慍不火其實很涼的眼神，學弟忍不住笑得有些無奈。

「不愧是大哥，看事情真是直指核心。」

「不要叫我大哥，拍馬屁也沒用。所以，什麼事？」大哥拒絕跟他心目中的死小子多作糾纏，轉頭詢問自己的弟弟。

「我們要結婚了。」

二哥很直接的傳來咳嗽聲，大哥臉變了色才好不容易把湯水吞下去，母親手中的碗輕輕喀到桌面。學長乖巧的給予最簡短直接的答案，不能不說多少有點惡作劇的味道。

「果然是不能直接跟爸說的大事啊……」二哥扶住額頭喃喃自語，其實不用想都知道絕對一聽就翻臉。

「我們前幾天跟爺爺奶奶說了，雖然也想告訴爸，但還是想先告訴你們。」學長一邊回答，一邊勸大家用菜。

「所以……你們兩個，要結婚了？」遲疑猶豫的聲音，學長的母親捧著手中的湯碗輕輕轉動。

「是，我們會有一個婚禮，會有主持人和道賀的賓客，小小的茶會以及請來表演的音樂家和小丑。」學弟沒忽略婦人遲疑中的膽怯，輕柔的解釋計畫。

「……什麼時候？想在哪裡？」大哥看了看自己的母親，問得直接。

「八月的時候，因為美國的老闆想參加，地點……應該會在荷蘭，順便走走玩玩。」學長邊回答邊站起來。「我去拿飲料出來，不要起來，你陪媽和哥哥聊天。」

看著人影轉進廚房，先開口的還是大哥。

「都決定好了？」

「嗯。」

「你們……非得這樣不可嗎？」壓抑著自己，努力思考著措辭，身為一個母親的女人聲音裡有幾不可察的顫抖。「家裡……好不容易漸漸平靜下來，再過幾年，也許他爸爸就能原諒他了。對於你們……他……可能永遠不能接受，但可以忍受，在好久不見之後能像一般的父子，我們家也能像以前一樣的聚聚。你們何必這樣？都已經在一起，何必要結婚？」

「因為我愛他，只是這樣而已，就像哥哥跟嫂子們，或是像您那般，就只是這樣而已。的確很多人都在同居，的確有男也有女，但這意義不一樣，尤其對象是我們的這種。」看著眼前的女人，跟自己的母親完全不同的類型的母親，學弟臉上的笑容多了分放下防備的誠摯，輕輕垂下眼瞼。「所以，對不起，還有……」

「謝謝您。」

學弟面前漸漸年老卻仍舊雍容的面容輕輕屏住氣息。

「謝謝您今天願意來這裡，願意告訴我們心中的想法，謝謝您能讓我遇見他，我很感謝那些我需要向您道歉的所有事情，因為我們現在能在一起，所以，真的非常謝謝您。」學弟面帶微笑的抬眼，然後傻住了。

眼淚，一直落，一直落下。

「笨、笨蛋！你幹嘛把我媽弄哭啊！」二哥抓起面紙遞給自己的母親，婦人接過面紙卻還停不下眼淚。

「……不……呃……」學弟有些不知所措，目前為止的人生難得這麼誠實認真，就這麼把人弄哭他也實在是……

「飲料……？媽，怎麼了？好好的怎麼哭了？」

「因為你家那個。媽，喝點飲料。」大哥看了自己的弟弟跟那個表情複雜替他拉開椅子的人，接過飲料拿給還在流淚的母親。

「媽，沒事的，我很好，以後也一樣。」

「……我沒有辦法原諒他……可是，那麼好的一個孩子，也不是因為家庭，就是這樣，你也一樣……你說……等你回頭，我就等……想等你膩了，清醒了……一家人，什麼事都能過去……可是你跟我說要結婚，他什麼都知道還是跟我說謝謝，跟我說不一樣……」

「媽……別哭了，我很好，真的，所以我才想告訴你。」

「你們……你真的……都不後悔，都無所謂嗎？」

「媽……」聽到母親的質問，過去這麼多年，在腦海中重複模擬過這麼多次被質問的情境，學長臉上還是浮現幸福了然的笑容。「媽，後悔很容易，隨時隨地都可以後悔，在台灣我想過，在美國的時候我想過，那次老老實實告訴你們的時候我也想過，我其實……曾經一遍又一遍的想過。」

「你……」

「媽，後悔很容易，我也只是不想後悔而已，我真的都想過。」

看著自己兒子的女人緩緩流淚，慢慢冷靜下來，很輕的說了聲是嗎，望著學長跟學弟，終究還是重新默默的恢復用餐。

等飯後端上水果點心、兩位嫂子重回餐桌才知道發生什麼事，很驚訝加上氣氛尷尬，襯著小孩子的笑鬧餐桌就顯得格外沉默。

「因為是這種大事，所以告訴你們，但其實，你們可能不會出現這件事我們也做好心理準備，不用太苦惱，我們真的沒關係。當然，能有祝福是最好，但不奢求。」學弟掛著自始至終都有的微笑收走空盤，說出平淡的可能事實。

「你說不奢求，上次你也說不奢求，那又何必做到這種程度？」

「……阿姨，我想我還是叫你阿姨好了。所謂的奢求，跟奢望不同，我是貪心的人，所以也會作夢，只是我並不強求，所以也理解您無法接受。人若無法堂堂正正的面對自己，那終究也只是消失在生活裡，更別提坦然面對他人。我想堂堂正正的給予他承諾，給他應得也匹配的尊嚴，因此我的選擇從未隱瞞，那時候如此，現在是，以後也是。」

學長的母親低下頭，才發現不知何時孫子們偷偷潛進餐桌旁，幾雙眼睛就這麼盯著她。

「奶奶？你哭了欸!?眼睛紅紅的！」

幾個人的發現帶來一陣大騷動，大哥二哥以及嫂子們心想已經吃完飯，留了話就七手八腳驅趕一群小朋友離開。

室內瞬間寂靜，學長的母親輕輕站起來，走到門口，抬頭定定的看著自己的兒子，還有他旁邊的人。

然後，輕輕的抱住自己的兒子，感覺他比自己高很多的身體從驚訝開始放鬆。

「……媽？」

「看到你好好的，真好。」

「……嗯。」

「那麼久沒有見到你，只聽你大哥的消息都不知道你到底好不好。」

「都很好，都沒事，每天都好。」

「……你看起來……很幸福很快樂的樣子，真的……很好。」

「媽……」

學長看著母親鬆開自己，一時間不知該說什麼。

「是你爺爺奶奶要你們先來找我們的吧？我知道老人家心裡想什麼，但也許……就是缺乏機會吧……你爸爸的脾氣你也知道。」

「嗯，沒關係。」

「婚禮……你爸不去我也是不能去的，我不想讓他太難過。」

「媽，沒關係，真的，這樣我已經很高興了。」

笑笑看著自己的兒子，然後作母親的人望向學弟。

「下次，讓我見見你的家人，當然是在婚禮前。」

「……欸？」

「傻什麼，介紹雙方家人認識是你的責任吧？不論如何，還是要見見的。」

學弟在呆楞之後笑著說知道，跟學長送走一行人後回到九樓，想到學長的母親最後臨去前的笑容，不由小小的嘆息。

「怎麼？」學長見學弟邊嘆息邊把自己陷進沙發裡，走過去的腳步語氣都透露出疑惑。

「你的個性果然是遺傳的結晶啊……」把靠近的人拉進懷裡，忽略小小的抗議，冷氣在體溫的薰醞間失去作用也不想放開，想著今天的順利以及就要結婚的事傻傻輕笑。

然後，在被敲頭以及學長的嘆息裡，學弟滿臉微笑的把洗好的盤子，遞給等待接過的學長。

✤ ✤ ✤ ✤ ✤

一陣精神緊繃之後需要稍事休整，學長在一天的平靜之後，問出了一直隱約察覺但一直沒問的問題。

「學弟？」

「嗯？」

「……你是真的想讓你的父母參加婚禮嗎？」

學弟壓低書望了望學長，又把目光重新放回書上。

「為什麼這麼想？」

「難道不是嗎？」

「我不覺得是。」

「你昨天說得那麼好聽，其實，你也只是一直告訴自己不需要，對吧？」

學弟終於放下書，看向語氣認真卻不嚴肅的學長，彷彿過了很久才找回自己的聲音。

「……也許吧。」

「你對他們太嚴格了，你不覺得嗎？」

「不覺得。」

「你對他們太嚴格了。」

「……」

「看了昨天，我真的這麼認為。而且，學弟，」

「嗯？」

「當你全身上下都透露出不需要這種想法時，你有想過被你捨棄的對象嗎？」

「我沒有捨棄，他們是我的家人。」

「當你說不需要的時候，那有差嗎？也許你嘗試過，最後你放棄了告訴自己不需要，或者你防禦性的判斷不需要，然而……其實……你跟你的家人都關上可以溝通的方式？因為你們彼此都認定某些東西不需要？」

「……不一樣，學長，那不一樣。她從開始就完全否定，不管是存在與溝通都用最極端的方式否定，只要求我服從，照她覺得最好的去做，我也只是花了很久的時間，以不需要對抗不需要……」自嘲的笑了笑。「雖然好像蠻幼稚的，不過……這種事最後就是這樣。」

「學弟？」

「……嗯？」

「再試一次，既然不一樣就讓他不一樣？」

「……」

「學弟，」伸手把移轉開的視線拉回來，學長覺得能夠這樣看到一個人脆弱，是件很令人高興又幸福的事。

學弟的表情從剛剛開始就失去笑容，露出只要談到自己的父母就會出現的倔強表情，靜靜看著學長。

「這次我在，以後我也在。」

感覺手掌透過臉頰傳來的溫度，學弟輕輕閉上眼，感覺室內的寧靜裡滿滿迴盪學長剛才的話。

「……嗯。」

淡淡微笑從臉上滲漏擴散，一時不想張開眼睛。

✤ ✤ ✤ ✤ ✤

與以往返家有著些微的差別，學弟先打了電話，然後才回去。

回去的見面場景也沒有差多少，不同的在於，在客廳裡聊天的參與者多了父親，自己的母親以淡漠代替了多刺的反應。

很難說這樣的狀況是好是壞。

這次回來的時間跟上次一樣都是中午的時候，吃飯時餐桌上一片平靜，間或夾雜著在美國工作的趣聞，學弟的父親偶爾露出偷笑的表情，但每個人說說笑笑的反應都很輕，因為同席的母親從頭到尾只有靜靜的吃著飯，沒人敢真正的刺激到她。

午飯後，吃完水果，學弟讓弟弟拿出準備好的釣竿魚餌，連同以前帶回來的學長的釣具，要弟弟妹妹還有父親學長一起出去釣魚。

「那你呢？」學長看學弟把整理好的魚箱塞給他，靜靜問著。

「你想跟你媽談什麼？」學弟的父親接過釣竿拿在手裡，輕輕笑了笑。「啊，找出這個啦……你看，兒子，這還是以前你用過的釣竿，還記得嗎？」

「……記得，不過我沒耐性，又釣不到什麼魚。」學弟想到自己釣不到魚的歷史，不由得躲避學長的目光苦笑。

「呵呵……看你學長的表情，現在還是釣不到啊，你想找你媽談什麼？這次回來就為這件事吧？」

「爸……」學弟看看父親跟旁邊的弟弟妹妹，「我們要結婚了，時間大概是八月底，在荷蘭。」

學弟父親的表情先是震驚錯愕的空白，然後才轉變為勉強努力的的微笑。

「這……這樣啊，要結婚……結婚也好，恭喜啊，所以，你希望我們去嗎？」

學弟父親的反問讓做兒子的人先是一呆，才微微尷尬的笑了。

「……嗯，如果可以的話，非常歡迎。」

「嗯，所以，你想把家裡淨空，跟你媽好好談談，這樣也好……你們母子兩個脾氣都很大，明明心裡後悔卻都沒有察覺，記得好好講，你媽也不是不講理，就是脾氣一上來就控制不了，真的想，慢慢講，總會有機會的。」

「我知道……我知道。」學弟淡淡的笑，默默點頭，然後發現一旁的學長盯著他看。

「你要我出去釣魚自己一個人？」

「我媽好面子，家裡只有我一個人比較好。」學弟笑笑的回答，把魚箱掛在學長肩膀上。「而且你還會回來不是嗎？」

本來要生氣的學長聽到最後一句的時候，愉快的笑了。

「也是，晚餐想要幾條魚？」

「夠吃就好，那麼，麻煩你們當導遊帶他四處轉轉，路上小心。」

學弟在門口送一行人離去，順便接收弟弟妹妹眼中加油打氣的鼓勵，轉身走回家裡。

走進廚房，是一個女人洗碗的背影，水聲嘩啦嘩啦的流動，總是一樣的位置，視角與視線的高度都已經不同，女人的背影也看得出老去的時間。

學弟走過去，把放在流理檯邊瀝水的碗盤一個個略微擦拭收進烘碗機。

「媽，我們要結婚了。」

水聲嘩啦嘩啦，洗碗的動作連頓一下都沒有，在安靜的以為不會有回應，學弟想要繼續說下去時，一直沉默的母親說話了。

「告訴我是什麼意思？」

「我們會有一個婚禮，八月底的時候，在荷蘭，到時候我會準備你們的來回機票。」

「想要我去參加？這就是你告訴我的意思？你這麼厲害什麼都決定的好好，又何必都告訴我？」

學弟聽著話裡的諷刺，壓下心裡的不舒服。

「媽。」

「幹什麼？」

「給你一個你希望的謊言是很容易的，如果我願意我可以讓你一輩子眼裡都只看到你希望的謊言。我私底下還是過著自己的生活，可能娶一個我永遠不會碰的女同性戀專門給你看，我會很痛苦，就像現在一樣很少回來，但也許媽你會一直活在我給你的謊言裡，一直很快樂，可是在生命裡我們留給彼此的只有虛假的記憶，我所有面對你能說出的話都只能是謊言。」

「那有什麼不好？你都說了我會很快樂！為什麼就不能騙你媽我一輩子騙到死!?」

「這樣真的好？媽，你不要說氣話。只要我不常回來，通過電話，用成千上萬個謊圓一個謊很容易，可是我想告訴你，因為你是我母親。所以我想告訴你，我不想給你不可能成真的期待還有註定會有的遺憾，天底下沒有真的拆不穿的謊言，以媽的聰明不可能一輩子不知道，到時候，只會更無法承受。就算騙到死，這樣的人生與關係真的就幸福嗎？」

關上水龍頭，收完最後一個碗，身為母親的女人看著在她面前非常冷靜的兒子。

「我不覺得我知道有什麼好。」

「媽，不管你今天知不知道，這件事都不會有所改變，我不愛女人。十多年過去，以前你也做過一些小動作，早該明白了。」

母親倔強的沉默，似乎是感覺到兒子的冷靜，並沒有把以前吵架時常翻出來的陳腔濫調拿出來辯駁或質問，或者，多多少少知道這早就不是只靠辯駁就能更改的問題。

「媽，對我而言，你不能接受，不能理解，當我好久好久以前告訴你的時候，我就做好心理準備，你也許會覺得我背叛你的信任，這對你而言感覺太離經叛道。」

「喔，你還知道。」

「媽你一直都把你的想法說的很明白，所以我一直很清楚。但我不想騙你，」學弟遲疑了一下，伸手微微抱住自己的母親，兩個人都很彆扭。「做母子做到那種程度太可悲了，雖然我知道只要騙你就沒事，但我還是不想這麼做。」

學弟說完話，彆扭的鬆開手。

「我話說完了。難得回來，我等等會把紗窗之類的都洗一洗。」

然後學弟母親的眼中透露出近乎質疑的疑惑，讓學弟露出自從對話開始後就消失的微笑。

「很奇怪嗎？他跟我說……我對家人太嚴格了。」

自己母親眼中的驚訝與衝擊，讓學弟臉上的笑意又加深了些。

「媽……其實，我們個性算是很像吧，所以過了這麼久，好像還是在原地打轉。以往過年的時候你雖然操勞我，但卻總是透過弟弟妹妹下達指令，只是我也都沒拒絕，就是因為這樣，所以關係才會一直止步不前到今天。」

看母親定定的看著自己，學弟心裡輕輕嘆氣，安慰自己今天至少沒吵架，打算藉由洗紗窗給予母親一點安靜的時間與距離。

「你要去哪？」

才剛轉身，就聽見母親威嚴式的聲音從背後響起。

「……去洗紗窗。」不知道為什麼，學弟看著母親猜不出表情的臉隱隱覺得不妙。

「洗完沙窗然後跑掉就想補償我門兒都沒有，哼！這個這個還有這個，結頭菜胡蘿蔔給我削皮，該洗該切該泡該拔毛的都給我弄好，紗窗太陽下山前洗完，衣服記得疊好，晚餐就交給你了。」

記得，我睡醒的時候要弄好。」
「……嗄？」
「哼，我是你媽這是你說的，他們都不在剛好讓你一個人做，你很有誠意所以沒問題，記得，你自己說的，今天下午到晚上服侍一下老娘我不為過吧兒子？」
聽到最後，學弟真不知該哭還是該笑，只是看著母親漸漸釋然的眼神，認命而又心情愉快的，目送母親上樓的身影。
外出一行人回來的時候，看到的就是學弟手邊腳邊堆滿了處理好的、正在處理的、還沒處理的食材，說不出是忙碌還是悠閒的在處理，速度稱不上很快但也絕對不慢。
「……這一大堆是？」學長看見桌上一個磁甕被學弟鋪上最後一層用紙封口，心想學弟該不會是做菜洩憤，怒到想做滿漢全席？
「我娘交代的，」學弟邊嘆氣邊抬頭手上完全沒停，看向站在旁邊彷彿想到什麼的弟弟妹妹。「還有洗紗窗跟收衣服，回來正好，你們兩個一下就做完了。」
「唉呦～哥～」當弟弟的小偉三八三八的笑，一邊拉著妹妹爸爸還有學長往後退。「媽交給你的工作那～麼重要，那～麼神聖，我們怎麼好隨便壞你的事呢？我們會在遙遠的客廳在心裡默默幫你加油打氣的啦！」
「這樣好嗎？」看到小偉有恃無恐的賊笑，學長不確定的確認。
「就是嘛！小哥！哪有這樣的！走啦！我收衣服你先去洗紗窗，等我弄完就幫你。」
「老媽存心要整人，你別摻進去！到時我也要跟著倒楣！老媽心情舒爽比較重要！所以，老哥抱歉啦！雖然你是我重要的哥哥，但她是我偉大的娘親啊！弟弟我實在是無能為力。」

「我也不行？」學長指著自己，再確認一次。

「拜託！不要，千萬不要，同情心會害死人呀，大哥你好不容易進了我家門，我還指望你改造我哥扭曲的個性讓我的生活變美好，千萬不要想不開！」

聽到這種渾話學長忍不住暴青筋，站在一旁當父親的中年男子直接傻了眼。

「進門⁉你又知道是我進門了⁉怎麼不說是你哥出閣⁉」

小偉想到那種佛曰不可想的畫面瞬間臉色發青，噁心感在胃裡翻滾。

「唉呀唉呀，是啊是啊，」學弟看到某人發青的臉心情益發的好了，臉上的燦爛笑容，刻意加上存心讓人噁心的千嬌百媚。「說不定是哥哥我要嫁出去啊……」

想吐的感覺滿到喉嚨，小偉開始用非常懇切悽慘的表情面對學長。

「你要嫁他我沒意見，因為他是我哥所以我得祝他幸福，現在還來得及，千萬不要想不開，娶這種看似大賺實則賠到見骨的魔頭後悔億萬次都不夠，趁我還有良知的時候你快走吧，我實在、嗚！婷你幹嘛打我‼」

「小哥你在胡說八道什麼啊‼！」生氣的妹妹拉起學長的手，「走，我們做也行，小哥你到時候就不要後悔。」

「我能後悔什麼啊……」嘟嘟囔囔，「我說的都是實話……」

學長嘻嘻笑看了眼玩過頭的某人跟他生氣的妹妹，「小婷別生氣，沒關係，到時候去荷蘭沒他的份，大學生九月開學，你可以玩久一點，錢我跟你哥會幫你出，」再瞧瞧臉色換另一種青的小偉，學長的嘻嘻笑變成奸笑。「要寶過頭了？不好意思，我也很記仇，說沒有，就沒有，我決定的話你哥也不會救你，你就死心到時候一個人留守台灣吧！」

幾家歡樂幾家愁，多行不義必自斃，自作孽不可活……總之晚餐時除了小偉眼巴巴的想開口、周身瀰漫可憐兮兮的灰暗氣氛，其他人都是一種事情過去了的輕鬆愉快，學弟跟學長想了想，便趁吃飯的時候把另一件事也說出來。

「嗯？親家母想約見面？可以啊，什麼時候？」

那句太順的親家母讓學弟嗆到咳出眼淚還停不下來，連學長也非常驚訝，一個下午的時間這轉變未免太大了吧……

顯然瞭解兩人的想法，學弟的母親開始嗤笑這種驚訝的反應。

「哼，也不想想鬥了十多年，什麼想通想不通，就是心裡有氣！要我頓悟是辦不到，這點程度還是可以的。」

察覺身邊學弟突然暴增又壓抑的殺氣，學長深刻的明白為什麼這對母子會處不好可是好像感情又不差……一般的壞人多說一句就只能愚蠢的被退場，這對母子卻是多說一句讓別人氣到吐血退場……只是居然有人願意賭氣十多年，就為了等對方服軟再洋洋得意也實在是……

太變態了。

難怪小偉說這個家裡除了他跟妹妹之外其他都不正常，能娶這種女人的本身也是個奇蹟。

✤ ✤ ✤ ✤ ✤

學長的母親和學弟的母親見面，是在那個和平晚餐的四天後，學長知道母親與哥哥已經跟爺爺奶奶都談過，就是還沒跟父親說開。

見面的地方是個下午茶店，做兒子的各自介紹自己的母親後就被打發走，既然被交代說兩個小時再回來，學長和學弟自動把時間加上半小時，開始半無奈的站在夏日城市的街頭。

「我本來以為見面的氣氛會很尷尬僵硬……」陽光燦爛，由於站在店門口所以吹到冷氣不算太熱，但學長覺得這樣面向街頭有恍如隔世的感覺。

「我媽死要面子你媽教養良好，所以見面應該不會太糟，不過……感覺好不真實。」

「那也是因為你爸我爸都沒出現，話說回來，」學長看到學弟臉上因回想而恍惚的表情，笑著隨便挑了個方向示意學弟移動。「我的建議還不錯吧。」

「……不好。」

「哎～別這樣，大家都很開心，這結果你有什麼不滿意的？」

「……連續兩天被我老媽剝削，除了我之外的當然都很開心，你們只負責吃。」學弟揉揉額角，陪學長走進咖啡店。

「這麼說就大不對，我們有幫你洗碗耶，不然事情可不只有這樣。」

「是是是……不過你想在這裡待兩個小時？還是想約人出來聚聚？」看學長坐定在位子上一時半刻沒離開的打算，學弟自動自發把菜單推到學長前面，自己也隨意的拿起另一本翻動。

「是不至於，學弟，結婚的地點決定了……」

「嗯，然後？」

「時間也算是決定了……」
「嗯，大概就那幾天裡選一天。」
「我們還差什麼事沒做？」
「訂家人的機票跟旅館，確實聯絡訂下當地的時間，學姐們的話應該是一定要代訂旅館，可是一群人訂機票的話會很便宜，再考慮到護照……」
「後面的問題可以委託旅行社，有個聯絡人比較方便，反正旅行社也不虧。你想傳簡訊還是打電話？」
「學姐用電話，其他用簡訊。」
「他們應該沒想到會是荷蘭，你要不要點些什麼？」
「反正細節我們告訴旅行社後，旅行社會跟他們聯絡，所以等等應該要先決定旅行社。我要潛艇堡和歐雷咖啡。」
「旅行社就以前我常聯絡的那家就好啦，那個黃先生我家也熟……這樣就好？我還以為你會喝濃縮咖啡。」
聽到濃縮咖啡，學弟的表情彷彿在胃痛，實際上在大魚大肉後，學弟的胃的確不舒服。
「不，這樣就好，所以等等我們就是通知他們地點還有中間聯絡人？畢竟大致的時間說過了。」
「就是這樣，不過呢，學弟，我們還有一個地方要去。」
「學長想逛哪？」
「你該不會想穿T恤或polo衫給我站在禮堂上吧？」

學弟心裡想著又來了，一邊開始進行過去三年來都很難有進展的掙扎……關於衣服。

「當然不是，不過，也不用太大手筆吧？」

「什麼，當然不會，就是去我朋友那裡請他訂做，這樣很不錯吧？他就算不送，至少也會打折，就算都沒有，朋友做的禮服感覺也不賴，反正花大錢自然也不能省小錢。」學長嘿嘿嘿的賊笑，怎麼想都不覺得送兩套禮服太過份。

聽到學長的打算，學弟不禁搖頭苦笑，平常莫名其妙省小錢的人，難得也有今天果然事出有因。

「上次讓他們請一頓還不夠？」

「當然，太便宜。」

「不怕他們用禮服把禮金打發掉？」

「放心，他們很清楚這點薄禮不成敬意。」

一個下午過去，當兩人返回母親們所在的下午茶店，看到的是兩個女人很開心愉快一片祥和，似乎一見如故的那種愉快。

這讓兩人在門口呆呆站了好久，才確定真的沒看錯人走錯店，如此反應被做母親的看在眼裡，想當然爾又被稍稍作弄，自然，稍稍指的是學長，學弟的母親是從來不知道自己兒子有什麼好客氣，讓同桌的另外兩位竊笑不已。

而從那天之後，兩人都在等學長爺爺奶奶的通知電話，他們並沒有忘記還有一位應該告知的對象。然而，等到的電話卻是學長的母親打來，告訴兩人那一位說會盡可能的去參加，於是學長與學弟才知道事情已經結束，想了想便又登門拜訪。

「沒讓你們知道，是你媽的主意。」想也知道是什麼事，爺爺看兩個晚輩坐下，煙斗指著學長，很自然很直接的說。

「媽？為什麼？」

「你媽覺得你們兩個還是不要出現比較好，你爸爸也是有拗脾氣，人在眼前，變數就多，但他想開了，答應了，就不會反悔，我們想想也好，就沒叫你們兩個。」

「不好意思……讓爺爺奶奶費心了。」

「呵呵呵，有這種操心可是老人家的樂趣，你太客氣我可就不高興了，不過呢，」奶奶逗趣的說，語風又轉，「過了三年，你爸爸的心情是沒那麼快就能完全接受的，你們父子見面，他暫時還是別出現的好，你兩個哥哥替你訂了餐廳，是這禮拜六的晚上，好好的跟你爸爸吃頓飯。」

「我知道了。」

「至於你，」看著學弟，奶奶朝他眨眨眼。「自己看著辦，好自為之，可別說奶奶爺爺都不幫你。」

學弟被奶奶頑皮的表情逗笑，點點頭答了聲明白。

✤ ✤ ✤ ✤ ✤

悠揚的音樂，柔和的燈光，訓練有素的侍者和窗邊的座位，學長走過去，沒忽略父親只見自己一人時的放鬆表情。

「……好久不見……工作都還順利吧？」

「嗯，我升助理教授了，應該很快就能升副教授。」

「我知道，你大哥有說過。」

接下來又是一陣沉默，真的想要說什麼，反倒不知道要說什麼。以前就很少聊天，中間空白的三年有一大半是對方不想知道的部分，等開始上菜，進食反倒成為掩飾沉默的行為，對話斷斷續續。聊聊風土、市場、工作、最近的新聞，公司的董事會跟學校的董事會，如果是在家用餐一定會被說「怎麼弄得跟在公司一樣」，但對這對父子來說卻很有樂趣，更何況，不聊這些也沒有可用的話題，氣氛大抵還是平淡愉快。

「你……你跟他……」

桌上的餐盤已被清空，換上咖啡和餐後點心，正在加糖攪動咖啡的學長，沒想到自己的父親在用餐的最後，主動提起這件事。

「爸，不用勉強，就只是吃飯聚聚，這樣就好。您願意的話，澈底無視或遺忘他的存在也可以，當我在您面前的時候，我只是您最小的兒子，您這樣想就好。」

「無所謂？」

「沒關係，爸，沒關係，就算他在，也會同意我這麼做。」

「……是嗎？」

「嗯。」

兒子平穩體貼的表情，讓做父親的男人深深嘆息。

「以前就算見面不說話也不會尷尬，現在再怎麼努力也還是奇怪。說實話，我還是不懂你爺爺奶奶怎麼會這麼乾脆。」

「我沒有辦法。」學長的父親深吸一口氣，如此說道，直視自己的兒子，眼神微微一暗又釋然。「你覺得我需要去參加婚禮，那我會去，要我原諒、或者是接受，不可能。」

「沒關係，爸，謝謝您，這樣已經很好了，謝謝您這樣告訴我。」

這樣被道謝似乎讓學長的父親很不習慣，掩飾性的咳了幾聲，拿出信用卡伸手招來侍者結帳。

「……你也喝了酒，叫車回去吧。」一邊簽著侍者送回來的帳單，收起信用卡，一邊叮嚀。

「不，他會來接我。」

學長微微一笑，父親站起來的動作頓了頓，點點頭，然後兩個人都發現那站在門口微笑的身影，不知何時出現。

「爸，我先走了。」

學長的父親不知不覺越走越慢，看自己的兒子走過去，小聲卻愉快的略微交談，而那個人在聽了之後，朝自己深深的鞠躬。

學長的父親不自覺的在距離外停下腳步，看著那平穩的微笑跟自己的兒子一同轉身，走進電梯，消失在電梯裡。

「……先生？」

「我沒事。」侍者的聲音拉回學長父親的注意力，苦笑著回應，打電話給司機，一邊心情複雜的想著臭小子還挺厲害的，經由適合方式表現的真誠，比什麼都容易在人心裡留下印象。

在回去的路上，學長並沒有報告晚餐究竟發生了什麼，僅告訴學弟最後來自父親的回答，學弟也沒多問，只是笑笑的跟他說辛苦了，到家之後幫他洗頭又洗了個按摩浴，讓他不動一根手指頭的就能倒在床上。

「……你搞什麼鬼？」

「慰勞你辛苦了一個晚上啊，不舒服嗎？」學弟一邊說，一邊拿吹風機輕輕吹乾學長的頭髮。

可是好累……你東摸西摸什麼都沒做比什麼都做了還累……

「你的慰勞好沒誠意。」

「可是啊，這位大爺，我人跟心都是你的，實在不知道還可以拿什麼出來，您說怎麼辦？」

呆。

「啊哈哈哈哈哈哈～～～！學弟！你、你不適合啦～！這台詞不適合你啦～～～！」

「沒禮貌。」

「拜託，全世界笑得出來的只有我好不好，你那些學姐朋友聽到一定背脊發涼閃遠遠。」見學弟收起吹風機，學長換上有些裝模作樣的表情。「好啦，大爺我頭髮也吹乾了，沒你的事就下去吧。」

「你還當真啊學長!?」

「你就不會配合一下喔，真是太沒默契了。」

「要也是我當大爺你說不要不要之類的。」

「申請駁回，學弟你的想法好老套，什麼時候了還玩這種把戲。」
「不滿的話學長交個企劃書給我啊。」
「……當我沒說。」
「……我也這麼覺得，還滿蠢的。」

✤ ✤ ✤ ✤ ✤

第二天是在猛烈的敲門聲、門鈴聲、以及手機鈴聲中清醒的，這種想都沒想過的瘋狂情況，讓兩人在呆滯許久後才非常懷疑的去開門。

門外滿滿的人，學長學弟開門之後更呆，一方面清楚知道這是現實，一方面覺得自己果然還沒醒。

「呦！快中午了耶，你們兩個還在睡？」

「小汪……你背後那一大片妖魔鬼怪你哥沒要你除掉？」學長揉按著太陽穴，覺得頭隱隱作痛。

「什麼妖魔鬼怪，他們可是你多年來的重要友人！你跟我一樣看不到，所以你能看到就一定不是飄！不用擔心~~~★！」

「我想你弄錯我擔心的定義了……」頭還是好痛，小汪那個句尾符號是怎麼回事？

於是小汪裝模作樣的表情瞬間消失，哼了一聲很不爽的瞪學弟，抓抓頭後又無奈的看著學長。

「你說我!?我比你還可憐倒楣，為什麼別人結婚我卻是早早被挖起來的那個!?哎哎，怎樣？有沒有愧疚？有沒有感動？你以為我們只是來鬧的？不～是，不～是，就算他們是我也不是，我這麼專業你說是吧？」

「我想我們明白你的意思了，」學弟咳咳兩聲，微笑燦爛。「不過本戶謝絕推銷，謝謝再見不送請慢走。」邊說邊把學長往裡帶，點頭微笑有禮貌的完全無視、後面那片自己也認識的妖魔鬼怪。

「你敢關門以後我們就天天來塗紅漆撒冥紙，人在國外我們就寄番茄醬稻草人過去，還不賴吧？」

小汪的語氣就像是喝茶聊天隨便聊聊，可他背後那一大群馬上接著說「不過就是每天少一包煙嘛！」、「少喝飲料就好一點也不貴～」

……

於是門又打開了。

也許這就是所謂的起床氣，學弟滿臉不爽，沉默的看著小汪。

「欸，你把我重要的友人拐入歧途，現在訂禮服又附贈各色婚紗，外加婚紗照及攝影師到府服務，完成之後另有專人快遞送達府上，你哪裡不滿了嗄～!?」瞪什麼瞪！老子怕你啊!?

「我不想拍那個。」

「你不要，但你問過他沒有？」小汪指了指學長。

「……小汪，你應該知道我喜歡拍怪東西卻不怎麼喜歡被拍吧？」

「啊～是啊沒錯，這麼熟的朋友我當然知道～誰管你啊，總之這是大家的決定，你要也好不要也好，我都會在你們離開台灣前拍完，」小汪把人推進室內，他背後那一大票也跟著自動自發的坐在客廳裡。「給你們十分鐘，我們在客廳等啊～」

果然是凶悍盡責的強迫推銷員。

學長認命的嘆氣，把還有話要說的學弟拉去換衣服盥洗準備出門。

數十分鐘後。

學長學弟站在滿滿一整個大房間的衣服前面傻眼，準備衣服的那群人則是滿臉微笑一整個得意，顯然相當滿意這樣的成果。

「很感動吧!?這些衣服我們找好久！」

「你們……這是cosplay？」表情幾乎可以算是驚恐的學長，呆呆指向眼前的衣服海，非常後悔剛才怎麼那麼認命。

「少來，人家cosplayer比你們專業OK～？雖然也有不專業的，不過你們只是穿著衣服拍婚紗照啦！」

「怎麼盡是怪衣服……」學弟隨手撥動衣架，看得狂皺眉。

「一點也不怪！看起來不重要穿上的效果才是重點！」說話的人興高采烈的拿起一件，應該是中式的大紅底黑紋金繡的衣服，「像這件你穿就很適合，」對著學弟講，「不找這樣的衣服你們兩個男的哪能拍出好婚紗，」一手又拿起一件黑色寬袖雲織暗紋繡銀線的中式衣服，對著學長講，「他穿那件的話你配這件正好！我們還特地去找了純絹的單衣，和各式各樣的小道具配件，今天的外拍景點是日式民宿！」

介紹的人說的很樂，旁邊學長很熟的助手，俐落的又推了一架衣服出來，從日式和服到讓學長學弟顏面抽筋的旗袍馬褂都有，而且配色都華麗鮮豔走極端路線——只有少數是正常的。

「沒想到你們這麼有決心的要結婚，身為朋友的我們，決定卯足全力替你們準備，首先就先來個三大冊的婚紗照，今天的拍完再回來改一些衣服。」設計師邊說邊彈指，旁邊馬上又笑盈盈的走上一夥人聽候吩咐。「把這兩個帶下去好好處理處理。」

完全就是漫畫模式現實重現，放棄掙扎的兩人，迅速被快速、熟練、且凶悍的造型師等等等等的人員給包圍淹沒。

✤ ✤ ✤ ✤ ✤

拍攝中，日式民宿的房間地板上。

「嗯……紙門再拉過去一點點，反光板的往那邊靠一點。」小汪邊看鏡頭邊指揮工作人員移動中。「欸……可愛的學弟，麻煩領口拉鬆一點表情妖豔一點，手的感覺和位置越色情越好，那個你，把他的腰帶調一下，親愛的朋友，要拍照你不要躲，躺過去一點表情幸福一點誘人一點，欸，你，順便，把他的下擺拉高一點調整一下。」

……

「小汪？」

「嗯？啊，你剛剛那個欲言又止的表情不錯，先不要動。」

……我欲言又止並不是因為你想的嬌羞無限，是因為我很尷尬很有意見好不好?!
姿勢維持得很僵硬，對指導的要求很尷尬的學長，心裡OS，還是乖乖的沒動直到快門聲結束。
「嗯，這套衣服再一張，到走廊上，學弟仰躺，」小汪持續指揮旁邊的服裝組，「幫他調整腰帶加上裝飾用的束繩，外掛再拉鬆，對，差不多，學弟你躺好就對了，瞪什麼瞪，你現在在拍婚紗不要用殺人的眼神看鏡頭！哼，準新娘你就壓在他身上半躺半臥，你幫他把外掛拉到可以露出肩膀，半撐著身體深情凝視，唔嗯……色誘的眼神也可以啦！」
「……小汪，」
「嗯幹嘛？」正專心看著鏡頭想光線怎麼辦，完全沒注意某人的口氣神色。
「為什麼我是準新娘？」
「因為他在床上的攻擊力應該遠大於你吧？所以你是新娘。喂，左邊的反光板後退一點斜一點。」
聽到這種話連學弟都忍不住偷偷笑，學長的臉上脖子還有露出來的皮膚，迅速染上漂亮的緋紅。
「真是不錯的粉紅色，這種表情就看著學弟啊，學弟好像抓到訣竅，來三、二、一，再一張！」
「小汪我們是在拍婚紗不是在拍色情寫真集!!」被小汪調侃，氣得學長邊拉衣服邊站起來抗議，不過小汪似乎感覺不錯，就著學長拉扯衣服遮遮掩掩的場景又拍了一張。
「有差嗎？是誰規定婚紗照只能那個樣子？而且你們兩個還都是男的，要照你所謂的規定不就得找個女的或是……」鏡頭裡瞄見學弟站起來，快門聲過又是一張。「你要穿裙子？——綴滿花、亮片、串珠和紗緞的那種新娘禮服？」
「……」
「好啦～我這樣說只是因為容易理解啊，你做得很不錯耶，你看學弟都放開了，你就當作在玩好好享受嘛，像平常那樣放閃光就很好。」小汪看了看，加了廣角調整調整。
沉默，自暴自棄。
「……你等著看我放閃光閃死你。」
「哎呀，拍婚紗嘛～！」小汪拍胸脯掛保證，「儘量閃，你們不甜不閃我拍什麼，你們敢讓我拍我就敢拍！還有我跟你說，」
「嗯？」
「你學弟下一套好像是緊身旗袍。」
「咦咦咦咦～⁉」
「你的好像是大老爺式的那種西裝，想怎麼做自己看著辦啊，別說我都不幫你。」
所以說你們到底都在想什麼……
學長在覺得好像很有趣的同時感嘆大家都變了。
「……學長？你不去換衣服？」
「還沒，正要去，學弟你換……好了？」真的是緊身旗袍……說馬褂也算，看剪裁線的確不是女裝，但那個大蝴蝶跟花團錦簇的花紋是怎麼回事？
「……學長？」

「學弟你有當花魁的資質。」短髮加上華麗復古的大耳環出乎意外的合適，「前面的釦子你故意不扣？」這樣若隱若現我會想摸摸看……

「是扣不上。」學弟拉了拉解到腰線的旗袍盤釦。「他們說，主要是衣服要夠貼，而且釦子一定會解開根本不會扣上，這樣不扣釦子看起來效果才叫剛好。」

效果太好了……

「我去換衣服。」發現自己看著學弟的脖子腰身心猿意馬，學長連忙跑去換衣服，擔心自己再看手就伸過去……

然後，

「你這樣像被花魁調戲的小開，而不是調戲花魁的老爺。」小汪邊嘆氣邊從鏡頭裡抬頭，開始在想這種氣氛狀況，若無法用演技彌補的話光線場景該怎麼辦。

「嗯嗯，」旁邊的設計師跟著點頭，「花魁太有氣勢，完全就是黑道老大的……男人，或是被眾多擁護者拜倒裙下的黑街大姊……雖然你是男的，看你剛回台灣的時候還想說你從良了，結果完全不是嘛！」看樣子似乎慢慢恢復成被帶來買衣服那時候的悶騷樣。

「都這麼久你怎麼還是有色心沒色膽。」雖然這種場景也不錯，但是學長的損友仍舊用言語表達對友人的不滿。

「囉、囉唆！」惱羞成怒。

學弟坐在學長大腿上，以不可能小鳥依人的姿態倚在學長懷裡，近距離看見學長的表情後，嫣然一笑，風華絕代，配上學弟那不知在想什麼又不正經的眼神，讓大家一時都臉紅心跳的有了被花魁調戲的暗爽感。

「老爺不行的話，人家代勞也沒關係。」

如果平常學弟這麼說絕對吐倒一地，但現在完全不會，眼看學弟俯下頭輕輕靠近學長耳邊，工作組都在懊悔帶的怎麼不是攝影機。

「你們到底拍不拍？」

「拍！拍！拍！」

花魁大人發話了，剛剛本來等著看逼——片的損友兼工作組這才匆匆回神各就各位。

✤ ✤ ✤ ✤ ✤

「結婚好累……」癱倒在飛機上的座椅裡，學長心裡渴望的是趴在床上。

「……是那些免費服務很累。」學弟回憶不斷穿衣服脫衣服改衣服的生活，覺得以後大概看到什麼衣服都不奇怪。

「我決定把籌備全權委託旅行社……」疲勞的喃喃自語，學長把機上提供的毯子蒙頭上。

「不自己看了？」原本興高采烈要自己看自己找的人終於放棄啦……

「我累了……我要恢復我好好睡好好吃每天進實驗室，悠閒卻又忙碌，專業又不太專業，有錢賺又不太划算的研究生活……」不就是說個我願意跟結婚登記嘛，我要悠閒的過著被短期研討會包圍的生活……

「短期喔……」學弟雖然覺得學長的想法不太可能實現，但還不打算讓學長睡覺做惡夢，於是苦笑著什麼也沒說，把學長蓋在頭上的毯子拉下來重新蓋好。

事實證明，最瞭解你的人一定不會是你自己。

✤ ✤ ✤ ✤ ✤

學長回美國好好睡一覺，進實驗室過幾天他所謂的研究生活，就完全故態復萌興高采烈的看著旅行社mail給他的資料，搜索網路閱讀一切相關訊息，短期研討會的生活迅速變成行前準備生活，只花不到一個禮拜。

學弟以著什麼都看過，什麼都不奇怪，果然如此跟早就知道的心態，發現他被各種旅遊資訊包圍充斥的生活環境。

當然，因為不具備任何不看的理由動機，再加上從未去過荷蘭，學弟跟著翻看資料的表情身影在學長眼裡，其實是相當天真可愛的。雖然本人完全沒有察覺，而且發生機會以及能夠察覺的人數都極其稀少，但那種邊看邊跟兩隻貓搶資料的畫面，的確是可愛到不行。

這種畫面一輩子大概就這麼一次，生活在這樣的畫面裡，通知美國這邊的朋友結婚時間結婚地點的學長，到這時候才重新恢復那種「將要結婚」的氣氛心情，雖然要確定要確認的瑣事，還是多得讓人忙碌不已，但在傑瑞口中，自己笑得像白癡的時間有增無減非常嚴重，而學弟只是毫不客氣害羞擺明了我就是要炫耀的姿態，告訴傑瑞羨慕嫉妒就去找一個，然後一樣笑得太過幸福跟白癡一樣——這是老實人凱恩給的評語。

八月中的時候，原本一口咬定一定要婚禮當天才給他們看婚紗照的小汪，用航空快遞寄了一個特大的包裹到實驗室，只看形狀、大小、重量就知道是什麼的兩人，一點也不想在實驗室拆開，可惜已經很習慣拆厚殼包裝的實驗室眾人（因為藥品總是經過嚴密、過度且誇張的包裝）動作快到來不及搶，只是翻開後就不知道誰的後悔多一點。

畢竟是婚紗照，擺明就是一整本的閃光，再加上小汪的照相技術以及沖洗技術，照片本身非常漂亮，雖然沒那麼像色情寫真集了，但是那樣的畫面張力卻更具有曖昧，或是濃豔鮮明的氣氛，連當事人看到照片都有一種沒想到的感覺，別提想都沒想過會是這種照片的同事，一個個被震撼的七葷八素半天說不出話來，而借過去看的老闆則表情為難的表示，自己的女兒看到之後想要加洗幾張，然後再用更為難複雜的表情說請不要答應我這種奇怪的要求。

雖然早知道老闆喜歡小孩而且對自己的女兒一點辦法也沒有，但連別人的婚紗照都敢要，要不是兩人見過這位高材生，不然還真是完全無法將要求與要求這件事的人連在一起。

旅行社回報的台灣參與人數也讓兩人小意外，過去實驗室的學姐同學居然全都能到齊……這時學長學弟心中閃過的是有多少人在同個單位工作，大家全來參加婚禮，行政單位會不會大鬧空城還有待研究。

婚禮當天。

「好久不見！」龐大的置裝小組異口同聲，非常歡樂興奮。

「才一個月！」學長看著眼前「有情有義」的損友，如果不是要結婚不能逃跑，他相信自己一定早就跑了。

「你看!!你們的禮服!!我們趕工趕好久！」說著果然又推出一溜的衣服。

「……很正常。」跟上次的比起來，學弟實在想不出其他的感想。

學長指著衣服。「……我們可不可以不要穿？」太多了，不過是加個小小茶會的婚禮，能換幾套衣服？熱都熱死了！

置裝組瞬間表情很難過，學長剛有一絲的妥協意願立刻被學弟制止，耳邊迅速傳來「嘖！」的一聲。

「好吧，那這兩件？剩下的你們留著以後穿，反正機會應該不少，可千萬不能變胖啊！」

這中間的巨大差額讓學長無言以對之餘，深深感受到受害人的同情心真是完全不值錢。

然後，學弟的母親並沒有來參加婚禮，而是把自己的機票給了小偉，根據弟弟的說法則是：「媽說怕看到你學長爸爸的死人臉她會想吵架，所以不來了，要我跟妹妹好好幫忙。」

對此學弟很驚訝。

「媽跟他爸爸見過面？」

「嗯，還吵架吵得一點水準都沒有……」

小偉的欲言又止換來學長瞠目結舌表情，怎麼也沒想過……學長一邊在心中搜索答案一邊偷瞄父親的位置，實在想不到很注重形象的父親也會幹這種事……

而學弟父親老實和善的樣子讓大家感慨，學弟身上怎麼連1ppm的含量都沒分到，要不是聽說學弟的母親非常厲害，幾乎有人要懷疑學弟是不是路邊撿來的了。

而對主持過無數婚禮什麼都見過的神父，這麼熱鬧還有家人前來的同志婚禮也是相當少見，連在婚禮後的茶會上，都被大家留下來參加而多喝了兩杯，阿元戲稱說，連神父都開心到下地獄也無所謂，聽到的人邊當著玩笑輕輕笑，一邊想著神父參加一下這樣的茶會就下地獄，那他們這些主持茶會的又究竟該算什麼？雖然結婚的的確是前任魔王，但他們可沒有當與會惡魔的心理準備……

學長花錢請導遊的真實目的就是把這些人分批帶開，茶會結束自然會有專業的工作人員清理場地，學長的父親和哥哥們自然還有工作，茶會結束後稍微談談就迅速的離開，至於剩下的那一大票雖然想鬧洞房，但是當免費的導遊在遊覽車前說「請跟我走」的時候，身為台灣人那不由自主的跟團本性，還是乖乖跟著不同目的地的導遊走上遊覽車，相當憤恨學長這錢花的老奸巨猾。

✤ ✤ ✤ ✤ ✤

蜜月地點，臨海的高級蜜月套房，地點當然是祕密。

「他們在想什麼，我們的關係他們早就知道，居然還想鬧洞房？」學長卸除一身行頭鬆一口氣，洗完澡穿著浴袍，一邊擦乾頭髮一邊說。

「好玩嘛，再怎麼說意義不一樣。」
「也是喔。」
「是啊。」
學長看學弟撥弄著溼髮懶得擦乾，賊笑著靠過去。
「既然意義不一樣，那我們要不要好好討論一下？」
「嗯……這種東西似乎不具有討論的空間呢學長，通常不是一就是二，這是單選題。」
「所以？」賊笑。
「我的答案學長很清楚。」微笑。
「我很堅持，只有今天我超堅持。」
嗯，看眼神是真的很堅持啦……
「學長要貸款往後的討論額度全壓在這一次上嗎？」
那好不划算。
「我們該不會為這種事情而快速離婚吧？」有點不高興，輕輕瞇起眼。
學弟閉起眼睛低著頭思考，而學長完全沒發現不知何時已經不是靠得太近，是根本被學弟抱在懷裡沒發現。
「才不會。」
微笑燦爛人畜無害，聽到這種回答學長還以為學弟答應了，然後才發現，當他把注意力放在學弟的表情回答之時，學弟的手早就不安分的探進浴衣裡，更別說裡面等於什麼都沒穿。

「你、唔嗯……」

學弟帶著水珠而略顯冰涼的手，握住學長那還是疲軟的部位輕輕按壓套弄，溫度反差的刺激讓學長瞬間只能忍住聲音，抓住學弟的浴袍支撐身體。

「學長人這麼好這麼溫柔，」輕輕柔柔的嗓音隨著親吻在耳邊輕觸磨蹭著，舌頭與牙齒也隨著手緩慢的動作，慢慢的舔舐，一吋吋的吸吮輕啃，早就很熟悉彼此的身體遠比主人的靈魂要誠實而熱情直接。「才不會這麼狠心的拋棄我呢，我這麼愛你，而且學長也很愛我……」親吻回到唇上，

「……不會發生這種事的。」

「唔……哈嗯……真是、什麼，我後悔了、啊！不……不要……你……你故意、嗚嗯……」前面被手或急或緩的套弄，後面被進入的手指細細的進出按壓，學長幾乎趴在學弟身上說不出完整的話。

「……當然是故意的，」帶著微笑的聲音，以及溼濡的吻開始朝學長的胸口移動，「春宵一刻值千金，這麼多錢當然要幫學長省下來，浪費不是好習慣。」

學長溼潤著眼，儘管不甘心，儘管學弟輕輕笑著的聲音輕輕的說等等再換你嘛，但的確……這種就是情人間的細小瑣事，即使有著不服氣的哀怨，今夜的新娘還是很幸福且愉快盡興的。

間章

蜜月

背後，從脖子開始，傳來溼癢的感覺……輕輕碰觸，然後似乎覺得不夠，如同進食或品嚐一般，碰觸帶上吸吮與輕微刺痛的齧噬，溼軟的舌頭安撫輕輕發疼的地方。

於是麻癢的感覺變成直達腰際的酥麻，酸軟的感覺夾帶著漸漸浮現的快感，不安分的手順著躁動的路徑火上加油，愛撫著背脊腰側。

「……唔……」學長把頭埋在枕頭裡，實在不想醒……睡得很舒服，被這種方法叫醒也很舒服……很可恨……我好累我還想睡……

帶著笑聲的鼻息撫在背脊上，溫熱得讓人直打顫。

愛撫著腰的手撫上臀部，愛不釋手地輕輕揉捏……雖然知道不可能靠裝睡解決問題，但學長還是衷心希望出現奇蹟，好歹至少也發生個一次啊……

所以當那隻很過份的手撫握上，下面跟他一樣很猶豫的部位時，學長忍不住無奈的嘆息……有點粗糙的大手，掌心溫暖、指尖略涼，僅僅只是握住稍微摩擦，熟悉慾望歡愉的身體輕易就泛出熱度，快感陣陣竄流過背脊。

「……唔……嗯……放手，我還想睡……」微弱的掙扎，睡意混合著纏綿繾綣的溫柔快感，既舒服又令人痛恨，越是努力的把自己埋向枕頭床鋪閃躲，困住自己的溫熱軀體就越是貼合得密無間隙。

「該醒了，你之前不是計畫要去好多地方？」

已經聽了很多年的聲音隨著舔吻含吮在耳邊響起時，還是一樣好聽得動人心神，好聽到讓身體汗毛直豎輕輕顫抖。

「反正是蜜月……不用在意那種事，隨意就好、嗯……你……這樣哪有要出去的誠意……唔、別太過份、放開……」你身體一邊輕輕磨蹭下面的手越動越快最好是等等還能外出啦……真是萬年沒誠意……

「既然是蜜月就偶爾過份一下……這只是個起床的小小服務，我又不會進去。」

然後學長就有點無奈又不會太無奈地放棄堅持，在客房服務身下呻吟，舒服而又不算太過激烈的解放在學弟手中。

能夠好好整理東西是在蜜月的第二天，兩人清醒再從浴室出來已將近中午時分，神清氣爽之後最直接的感覺就是飢餓。

由於從昨晚抵達開始穿的就是飯店提供的浴袍，因此要出去吃飯才開始面對行李的兩人，在看到行李數量後腦袋浮現了巨大的問號。

「多一箱？」看到那多出來的藍色行李箱，學弟有種不好的預感。

「……送錯的？我打到櫃檯問問。」學長看著行李上的標籤，心想不是送錯的可能性極高。果然櫃檯的回答也是這樣，這是被標示送到這間的行李。

「嗯……那……打開看？」由於心中有既期待又怕受傷害的預感，所以難得的連學長都有些躊躇猶豫。

「你想看了再出去吃飯，還是吃了再回來看？」學弟在回答的同時給予了肯定以及選項，但對於本來就很猶豫的人來說，只是增加了判斷的難度。

於是極其少見的，兩個人看著一個箱子一籌莫展安靜好久，然後，學長提出了一個很苟且的選項三。

「……我們，打開看一眼，然後出去吃飯？」

如果真的是怪東西，只看一眼比看完還慘好不好……

「……隨便你。」學弟心想果然是好奇心殺死貓，放棄的等對方把箱子打開。

學長蹲在箱子旁邊，伸手解開行李箱外側的拉鍊與扣帶，入眼的是囂張的豔紅色彩，還有一封信。

給風騷大混蛋還有我至愛的損友：

你們看了東西一定知道這是什麼，所以我就不多說。總之，為了增加兩位渡蜜月的樂趣（你們什麼都做了新婚夜一點都不新婚，OK～～？），所以，特別送上驚喜小禮物，你們可以盡情完成……也許、可能……當時很有FU卻沒完成的……某些事或某些嘗試。

從這裡開始是威脅。

你們敢把衣服放火燒掉或是扔掉之類的就試試，那群瘋子不會放過你們的。然後，如果需要人偷窺以增加刺激感，請務必聯絡義不容辭兩肋插刀的我們。

您體貼入微的悲情損友　小汪

「……『您體貼入微的悲情損友』？那誰啊?!」

「你朋友。」人家都直接叫我混蛋了，總不能說是我朋友吧？

學弟一邊回答一邊看著地上的箱子，以當時慘烈的情況來說，就算箱子再能塞，這體積也……

「箱子好像太小了……我們那時候穿過的裝得下？」學長一副「如果裝得下這種箱子我也要買一個！」的表情，

「不，絕對不可能。這些應該是精心挑選過的……推薦物品。」而且既然說了是「驚」喜，那一定又多加了一些鬼東西進去。

「哼嗯～？這套紅的是你那時候穿的吧？所以還有什麼？」只要自己不是絕對的受害者或是加害者不在周圍，學長的好奇心向來多到有找。因此，原本只想看一眼的人，現在是興致高昂的打算澈底研究箱子裡被推薦了什麼東西。

「等等，先吃飯。吃飽回來再看，不然就等我們出去回來再慢慢看，箱子沒腳走不了，回來再看。」眼看學長打算開始翻，學弟彎下腰、從學長身後伸出手，用幾乎把人抱在懷裡的方式抓住學長的雙手，讓那雙好奇的手離開那堆鬼東西。

「就說度蜜月不急，那些東西再過個一百年也還在那裡，看這個只要一下子，很快啦！」學長仰頭看著學弟，也不急著掙脫，身體很順便的坐在學弟腳上背靠著腿，打算用腳去偷偷翻衣服。

「你都不餓嗎？先吃飯好不好？乖，先吃飯。」現場情況一整個很無賴，腳被某人坐住而手又沒空，學弟想了想在學長額頭印下一吻，持續進行軟性抗爭。

「幹嘛每天都把吃飯吃飯掛在嘴邊啊，偶爾禁食有益健康。」

「做實驗已經很傷肝，至少胃要顧好，看你身體不舒服我好難過。」

嗚……你每次這樣毫無自覺的說甜言蜜語實在太卑鄙了……就不能簡潔豪邁地來個直球嗎……這樣偷襲實在是……

「……吃完回來看？」

「……吃完回來看。」

然後學長看到學弟因為他的回答而露出開心燦爛的表情，很直接簡單的開心讓距離很近的學長再次受到重擊，一邊覺得好可愛，一邊在內心OS，才剛在心裡抱怨完就突然來個直球的學弟果然是卑鄙得很天然……

不過，算了。

學長放任自己像小孩子一樣被學弟拉起來站好，踩著學弟的腳走到鞋櫃穿鞋，想著學弟這罕見的單純天真該好好珍惜才對，然後就愉快的踩著地面跟學弟去享用應該還沒遲到的午餐。

✤ ✤ ✤ ✤ ✤

學長吃完午餐回來後沒那麼想看了。

因為學弟的表情太好他想多看一下，所以自動決定延後觀察箱子內容物的時間，轉而帶起背包和地圖，跟學弟來場照預定計畫的觀光加上大冒險。

因此，當學長再次認真地想到、看到這個箱子，已經是晚餐過後又洗完澡。保持打開狀態的箱子，最上面仍是學弟拍照用的那件鮮豔紅衣。學長看學弟坐在床邊，於是把箱子拖到學弟腳邊，自己坐在地上把東西一件件拿出來一件件的看。

再下來是自己那件黑色的，這也還好……

拿開第二件後看見了底下的一些小東西，學長呆了一下，學弟則是微微愣住了。

「學弟……這個是……？」

「……貓耳。」

「……那這個……？」

「這個跟下面那些可以統稱為……『道具』。」

「……唔……」

姑且不管下面還有多少等待觀賞的衣服，學長學弟兩人都停下動作陷入了沉默。

因為箱子中層那些琳瑯滿目的道具。

……珠串、置入式遠端遙控型電動按摩棒、有分支的陽具形狀電動按摩棒、皮製拘束帶、皮製項圈、手銬、各種造型的保險套、各種口味的潤滑劑……

「小汪到底在想什麼啊……」因為實在太意外，所以學長的感慨也只是很單純的表現出意外而已……其實也是一時之間想不到其他的感想情緒可以加在裡面。

「……果然是驚喜，這些也不便宜哪。」學弟表情微妙的從道具縫隙間拉住布料，抽出衣服抖開……這件是他那時候的旗袍，再下面那件不知道是誰的那種日式立領學生制服，然後是純絹的單衣、很微妙的由布條與扣子組成的衣服、有誇張荷葉邊的歐式長襯衫、水手服百褶裙護士裝……

……好樣的，居然連肚兜都有啊……還是鴛鴦戲水的大紅底肚兜……

學弟將箱底的最後一件衣服抽出來，滾落在箱底的那些道具發出碰撞聲，隨手讓手上的衣服滑落地上，挪動視線觀察從剛才就安靜看著他把衣服抖開的學長。

學長的表情稱不上在發呆，但也不知道在想什麼。看著兩人份的衣服在身邊落下、然後又看看散落在箱底的情趣道具，最後抬頭看著不知道看他看多久的學弟，臉上是乖孩子等待答案的那種認真表情。

「看完了，沒了。箱子已經空了。」回應學長仰視的目光與表情，學弟兩手一攤，陳述事實。

「嗯。」

「……然後？」

「嗯……我可以說實話嗎？」

「……可不可以讓你說但是我不聽……」

「你不聽那我幹嘛說，我還沒無聊到需要對牆壁空氣說話。」

「好吧，你說吧，我會很清楚地聽進去的。」

「……不後悔？」

「我好後悔……」我好後悔沒在你心軟的時候拜託服務生把這些處理掉。

「來不及了。我們……試試看好不好？」

這麼說著的學長臉上出現了好玩的表情，眼神表情完全變成小心機、又非常躍躍欲試的表情。

「……以前怎麼都沒買？也沒聽你說過想玩或是想試試？」看著眼前整張臉都在發光的新婚……配偶，學弟的心情一整個複雜。

「那不一樣，自己買要錢！而且天曉得我好不容易買到有趣的你會不會願意陪我試，更何況你也說這些東西全部加起來不便宜，錢當然是拿去做別的用途。」

「所以？」

「既然在眼前又不要錢，玩玩看好不好？」

……學長……你對免費兩個字的抵抗力就真的是這麼低嗎……

其實，對學弟的真實想法來說，學長的「玩玩看」是他比較有顧忌的，他並不介意這種玩法，畢竟這也有其樂趣所在……最大的重點在於，對象是學長以及是把這東西用在誰身上。

「也不是不可以，只是……」學弟臉上是淡淡的微笑，用眼神詢問學長這些東西他想用在誰身上？

「哎哎，要公平就是輪流囉，話說回來嘛……」學長見學弟答應了，開始愉快的用眼神眉來眼去地詢問，你先還是我先這個問題。

「嗯……該怎麼辦呢……」學弟勾起嘴角的笑容欲言又止。沒辦法，是男人想的一定都是我先上，就算要退讓也不能太乾脆直接吧？

「丟銅板決定？」

「那個具有技術犯規的機會，你確定？」又丟銅板？因為手上沒牌所以改用銅板是吧？

「隨便丟眼睛不要看，猜三次看誰中的多，沒問題吧？」學長說著，拿起一旁的皮夾，掏出一個銅板塞在學弟手裡。

「正面。」學弟眼睛動也不動的盯著學長，嘴角微微上揚的彈起硬幣。

「反面。」說好不看就不看，於是學長也面帶微笑的回視著學弟的眼睛。

垂直上拋的硬幣重新回到學弟掌心，兩人幾乎同時移動視線，是反面。

再丟，兩個人都是微笑不改。

「正面。」聽到硬幣再次被彈起的聲音，學長出聲先選。

「那我就是反面了。」學弟笑笑的說，再次看也不看的接住。

再次攤開的掌心，硬幣，是正面。三戰兩勝，先發的勝利者，臉上出現非常愉快得意的笑容，拿起學弟掌心那枚硬幣、隨手往後扔在地板上，然後站起來推倒今晚的獎品。俯視臉上略顯苦笑卻又有點期待的學弟，學長臉上的笑意也隨之加深。

「現在給你申訴時間，想說什麼快點說。」

「明天換我。」

「嗯，然後？我不介意禮尚往來啊親愛的。」

「那麼，請手下留情。」

「好歹也說個請多指教啊……要不要穿水手服或肚兜？」

「那個留給你，我穿這個。」

學長放開學弟讓他換衣服，學弟起身離開床、撿起單衣和那件豔色墨紋的外掛，解開浴袍任其自由落下。然後相當願賭服輸的，赤裸著身體，在學長眼前緩緩地穿上絲滑如水、能勾勒出漂亮身材肌理的絹質單衣、衽領……輕輕抖開鮮紅華麗的外掛、穿上、襝襟，緩慢又不鬆不緊地纏上與之搭配的華麗腰帶、繫上裝飾大過於實質意義的束繩。

曳地的下擺，在走動時拖曳出漂亮的線條，足踝與小腿因而顯露在層層布料之外。

穿好一身華服的學弟，重新走回學長身前，安靜的站著、微笑，看起來……柔順又乖巧。

原來如此。

「真敬業，上去躺好。」

學長如此說著，站起來先調整室內的燈光、再回到床邊。在光線轉暗的床上，入眼的景象讓人相當滿意——雪白床單上襯著被豔色包裹的身體，重點是這個人今天很乖巧。

拿起箱子鏗啷咚地把東西倒在床上、再輕鬆寫意的鬆手讓箱子墜落地板，學長爬上床跨坐在學弟身上。原本一直閉著眼的學弟緩緩睜開雙眼，看向自己身上那張寫滿趣味、喜愛與慾望的臉，勾起了微笑。

雖然蜜月假期兩個禮拜，實際上大概只有十天，但只要能愉快度過盡情享樂，全都在床上也是無所謂。

學弟一邊做好大概會被學長玩到下不了床的心理準備，一邊看學長慢條斯理的拿起皮製的束帶，先綁緊一隻手、然後將兩手綑綁束在一起，抽緊扣環的皮帶，然後把他的手壓到頭頂，始作俑者的臉也隨之靠近。

「真乖。」學長誇獎地在學弟唇上「啾！」了一下，「難得這樣玩，請多包涵。」

「都讓你綁了，我想我也做好心理準備了。」

聽到學弟的回答學長先「哼哼～」的壞笑兩聲，拿起一旁毛茸茸的黑貓耳在學弟眼前亮了亮，如願看到學弟無奈又放棄的閉上眼睛，然後非常愉快地把貓耳戴在學弟頭上。

「你還沒做好心理準備嘛，戴貓耳很可愛喔帥哥。」

「我還沒做好被你戴上貓耳的心理準備，真是……從你給貓買青蛙帽就該想到你會給我戴貓耳，所以……要我叫你一聲『親愛的主人』嗎？今晚限定。」

「你願意當然是非常歡迎，再來嘛……」學長拿起皮製項圈繫在學弟脖子上，然後退開身體稍稍遠觀目前為止的成果。

黑色的皮項圈，束縛住雙手的束帶也是隱隱發亮的黑皮革，淺淺睜開的雙眼，加上短毛的黑貓耳，鮮紅衣襟已經微微的亂了。

這模樣出乎意料的也很適合學弟。

學長稍稍猶豫了一下沒把腳也綁起來，手從膝蓋開始貼著皮膚緩緩撫摸、按壓，輕易的掀開原本就沒什麼固定又很寬鬆的下擺，撐開折起學弟的雙腿，讓未經愛撫刺激的性器與閉合的幽穴展露在眼前。

拿起玫瑰香味的潤滑劑，塗在那小小的入口以及手指上，先行潤滑與擴張，一下下地刺激那個能帶來絕妙感受的點。然後對電器品向來比較有偏好的學長，拿起可遙控的電動按摩棒，一邊看著學弟的表情、一邊將塗上潤滑劑的按摩棒推送入學弟體內最有感覺的位置。

「……啊、唔……」

久未接受這種刺激，即使是微微開啟電源的震動狀態，那與肉體接觸截然不同的刺激仍舊太過鮮明。突然打開的電源讓學弟來不及咬住呻吟，洩漏一兩聲後隨即忍住……而那未經愛撫漸漸抬頭的部位，忠實反應這樣刺激所帶來的愉悅感受。

不滿意學弟這種小小的抵抗，於是學長一口氣把開關調到最大。

「啊啊！啊、……嗚呃……啊……唔……」

極其猛烈的震動讓學弟瞬間發出慘叫，首先傳來的不是舒服的快感，而是痛覺等等劇烈摩擦扯動黏膜肉壁的痛苦，然後才是直貫腦門讓人暈眩的甜美刺激，夾雜在難以分辨的疼痛裡既讓人錯亂又增加了對純粹享樂的渴望。

於是斷斷續續忍不住的慘叫，變成摻雜苦痛與悅樂嗚咽呻吟，眼角和已然挺立的慾望尖端都泛出溼潤的水光。

學弟難得一見的痛苦神態還有含淚的眼角，在激發慾望的同時也喚醒學長心中小小的嗜虐心，因為想看得更多，所以明知會帶來痛苦也沒有降低輸出功率，反而伸手撫弄起輕輕顫動的前端、揉搓根部的雙珠，觀賞著學弟的反應。

學弟總是低沉的聲音只有在這種時候才會染上高亢的音質，從原本的誘惑添上豔麗。就像身上那件鮮豔至極過度誇張的外袍，那是自己才能發現並且知道的、出乎意外合適而美麗的一面，因為是自己所以才能聽見的聲音。

「等……把……嗚……調慢一點……」

聽見學弟的請求，還有被學弟束縛住的雙手所阻止的愛撫動作，學長看著那對不復戲謔沉穩的雙瞳，終究還是在那蕩漾著水霧情慾與溫柔的視線裡減半了強度。

學弟緊繃的身體霎時癱軟放鬆，即使深植體內的震動仍然存在，整個人卻是鬆口氣般地喘息著，間或流洩出淺淺的喘吟。

強忍著沒有劇烈掙扎的身體透出汗水的溼潤光澤，鬆鬆綁住的服裝凌亂敞開，浸透汗水的白絹貼覆在皮膚上，於微弱的燈光下暈出有如珍珠的流光。

脫一半比不脫還誘人，說的也不過是眼前的香豔景象吧。

學長湊近學弟那因為痛苦解除而微微恍神的臉，光是這樣看著感受呼吸的熱度，都能深深的撩撥情慾、動搖理智，連呼吸都因此轉為渾濁沉重。

「……覺得如何？」手指勾動拉扯學弟頸上的項圈，很清晰的感覺到、因為淡淡窒息與摩擦而讓這具軀體泛起一陣極細微的顫抖。

「……差點以為會死……我對你一向溫柔，怎麼……學長你有當變態的資質……啊！嗯……」

學弟說到最後聲音又轉為呻吟，因為學長瞬間把功率調大又轉小，已被點燃情慾的身體亦瞬間一震，然後在再次轉小的震動裡凌亂吐息喘吟。

「我在做實驗嘛……而且，誰要你忍住聲音？」
做實驗……難得有這麼大隻的白老鼠就對了……
「不小心、反射性的……啊哈……唔……」
學弟好不容易漸漸習慣體內的震動，學長的手卻又猝不及防地將那小東西緩緩抽出，微微痙攣的內壁忍不住貪婪地吞吐慰留，緩慢的動作、讓體內每一分黏膜都能清楚感受到存在與形狀，在漸漸明晰的震動聲響裡擾動出溼潤的水澤之音，總讓人感到妖豔的呻吟自口中逸散。
在即將退出之際，手指便又再次讓那聲音緩緩隱沒在深處，原本俯視觀察的頭低垂含吮上皮膚、輕咬上咽喉頸窩，沾染著體液與潤滑劑的手，帶來與舌葉舔吮不同的撫觸與滑膩，卻又只是一劃即過、遊走邊緣……被撩勾得益發敏感的皮膚，在衣料摩擦下帶起令人難耐的點點酥麻、喉嚨深處發癢抽緊的乾渴，全都成為帶著誘惑與索求的喘息呻吟……聽話的、毫不忍耐掩飾的、情慾蕩漾的聲音，間雜著學長嘖嘖含吮的親吻聲響。正當學弟覺得磨人而又不滿足，想自己主動承受與誘惑、免得學長慢慢玩的時候，那原本輕揉慢搓根部的手，再次將一樣物品推送入溼濡的穴口，截然不同尺寸的物品令學弟忍不住微微仰首、眉頭輕輕糾結，細細瞇起了眼。
「……嗯……」
自鼻腔哼出了帶著些微忍耐的音色，身體還能清楚感受到內裡傳來的震動，學長又塞了個進來……而且那個小汪買的居然還是表面有顆粒的……！
學弟淺睜著眼，看向也正望著自己表情的學長朝他輕輕一笑，將那具有實體形狀且附帶分支的道具推至底端，緩緩、打開了電源。

「嗚！啊……哈嗯……你……放兩個就算了……」居然還把已經被推得那麼深的東西硬是拉扯出來……

才剛被撐大的窄徑被兩個如此震動不止的東西再次撐開，並排著的兩個硬物傳來不同的震動、以及不規則的碰撞與彈跳，刺激著顫顫脈動不住吞吐的媚肉，理應帶來痛苦的行為卻悉數轉換成令心神淪陷的甜美歡愉，內壁難忍的吞含絞縮、腰部不安定的浮動，道具震動的分支摩搓顫動著根部帶來前後夾擊的美妙刺激，敞開的雙腿忍不住夾著身上的學長輕輕磨蹭。

即使理智還殘留著最後的底線，身體卻是相當貪婪。學弟其實很清楚學長就是想看他失去理智的樣子，但同樣也很清楚，自己這麼掙扎浮沉的模樣對方可也是相當滿意。

凝視那慾望高漲而刷染上緋色的肌膚，學長伸出舌頭緩緩舔過微微顫抖的大腿內側，像是貓兒們理毛時的那樣緩慢、仔細，一路向上直至腿根已然溼濡的交會處，深深吸吮那柔嫩敏感的皮膚。感受到手掌下微微抬高腰臀的迎合與請求，溫熱的舌轉而用力快速地自根部舔刷至顫抖的尖端。

「啊啊！……嗚……」

突然的刺激讓學弟身體微微跳動，前端的強力刺激令後穴反射性的縮緊，肉壁因而更深更用力的含住深埋體內的玩具、更直接的吞入體內的跳動顫抖，熾烈的快感讓學弟發現自己在短短一瞬間確實恍惚了神智，沒能來得及苦笑便已再次仰頸飲下漸漸破碎的呻吟。

溼軟的舌尖舔劃探入尖端的溝槽，淺淺含住、用力吸吮，然後舔舐吸吮沿著挺立的慾望蜿蜒向下、復又自下而上的舔弄……溫熱潮溼的口腔深深包覆吞入漸漸加快的上下吞吐，配合著唇舌上下移動間用力吸吮的力道以及舌頭纏繞壓覆……學弟微微抬起腰追逐律動，被束縛的雙手插入埋在身下那人的髮間，索討更多更強烈極致的快感。

「啊……再……還不夠……」

吞吐的動作傳來溼潤的摩擦聲與學長漸漸混濁的鼻息，每每前端用力吞吐吸吮，窄徑亦會隨之絞緊持續顫動的仿製品，直竄腦門幾乎令人麻痺的歡愉感受讓迎合的動作變得更渴切，始終貼覆在身上的衣物摩擦也更磨人難耐。

聽著學弟漸漸染上恍惚甜膩的呻吟，學長一面持續含弄吞吐著學弟勃起的慾望，稍稍加大了仿製品的電流，在吞吐的同時抽插刺激著另一個已然非常敏感的地方。

然後就傳來既掙扎又迎合的動作，還有更甜膩放蕩妖豔的呻吟。

「啊啊——嗚、唔……」

重重喘息著解放在學長口中，感覺到對方不只全部吞下去，還在最後惡意的吮舔敏感的鈴口、抽出尚未關上電源的器具，讓尚在餘韻裡微微癱軟的軀體難以控制的渾身顫抖。

「……果然還是家貓好啊學弟。」

「……什麼家貓……真是……唔……啊……」震動著的玩具又再次填滿溼潤的通道，比剛才更強的震動迅速侵入，為仍處於過度敏感的身體帶來尖銳的快感，先端巍巍顫顫地滴落透明液體，學長拿出保險套，用不自然的方式替學弟帶上保險套。

……顆粒的……學長你統一風格連保險套都選顆粒紋路的是吧……

感覺到那不自然的動作是為了什麼，學弟忍不住發出了淺淺的呻吟……學長將保險套反戴，讓顆粒面貼覆在柔嫩易感的表皮，順著形狀、手指一點一點的翻出，時不時的摩擦以及在張力下壓迫嫩皮的感觸，都折磨的令人瘋狂。

只是如此就令學弟呼吸又紊亂些許，而學長則拿起另一條潤滑劑替自己作潤滑，空氣裡霎時瀰漫起甜甜的焦糖香，手指攪動進出愛撫內側的溼黏聲響光聽著就讓人害羞，聽得學弟在興奮期待的同時頭皮發麻。

學長跨在學弟身上，嘴角揚起笑容，手扶住那賁張昂揚的部位、對著穴口，緩緩沉下身體，進入一小段後又輕抬腰身，然後，一口氣加重力道直落到底。

「啊啊——！呃……嗯……」

「嗚！……你……」

坐落至底深深吞沒自己的身體微微後仰，發出近乎淒豔的呻吟。無比契合吸附的溫熱內壁不住痙攣緊縮、擠壓吞吐著被刻意內置的顆粒，壓在身上的重量使得後穴窄徑更用力的摩擦那不斷顫動的仿製品。

多重的刺激讓學弟小小地解放了一點，難以竭抑地悶哼是真的忍不住了的細小呻吟。

「嗯……」大口吸吐著空氣，感覺到體內滾燙的溫度和不住跳動脹大的存在，學長奸笑著舔舔唇、微微瞇起眼，交替著緊縮與放鬆、抬起與落下，晃動著因為被填滿貫穿而微微發軟的身體，用圈覆住對方的每一吋黏膜與肌肉，享受對方漸漸再次被自己逼向極限的熱度與脈動。

「哈啊……啊……嗚……」身上起伏的重量、每次的碰撞與吞入，亦同時擠壓、誘惑媚肉追求更深的感觸更強的歡愉，追索著身上碰撞的節奏不住吞吐……前面與後面的刺激都太過強烈而有了正超越極限的迷亂錯覺……連綿如潮的快感，顆粒異質卻鮮明的存在摩擦壓迫著早已敏感至極的部位，讓這彷彿已是極致的淋漓快感更銳利刻骨，從而漸漸成為難以忍受的愉悅痛苦。

項圈輕輕綳緊在仰起的脖子上，緩不過氣的感覺混雜著拘束壓迫帶來的窒息，令人有了迷醉般的恍惚，身上的軀體時而深重時而輕緩起落，哼著細小喘吟、瞇著微笑，等待著自己先一步解放以及難以承受的求饒——

「哈啊——嗯啊……」終於在一次極深的坐落碰撞與用力絞縮下失守解放，身上晃動著的身軀卻仍是深深落下，一次次緊緊吞絞軟下的分身。

過感的刺激變成令人冷顫不止的痛苦折磨，呻吟破碎斷續，即使難耐，學弟仍未開口求饒。學長由上而下的望著學弟由追逐慾望的恍惚轉變為難以禁受、在清醒邊緣掙扎的表情，再沒有比現在更明白學弟所謂「會掙扎的比較好玩」比較好玩的含意了。

「雖然想……看你求饒……不過看你掙扎的樣子……也不錯。」

「沒能讓你太……滿意……還真抱歉吶……」身上的人在言語間輕晃腰肢，後穴的摩擦貫入，刺激前端脹大硬挺汩汩流出晶瑩稠液，滴落流淌在下腹，復又被手指惡意抹開一片滑膩，在小腹輕重緩急的畫圈逗弄。

看著學弟在自己輕緩的逗弄下緊綳顫抖，學長自鼻腔哼出愉快得意的笑聲，抬腰離開學弟又一次被自己喚醒的硬挺慾望，取出震動不止的玩具，帶上保險套……翻過、扶起學弟因高潮過後而更顯柔軟的身體，就著體重猛烈頂入深處……貫穿的刺激令學弟後仰的身體更貼入懷中，炙熱的通道因此將深埋的分身引入更深的位置，伴隨耳邊溼暖斷續的氣息，吞噬般的不住緊縮與吞入。

鬆垮的衣服因為體位改變而自肩頭滑落，一次次越來越強越深入的頂入，拋動著學弟配合節奏律動的身體，抱住身體的一手撫上咽喉、伸指探入學弟口中夾住、翻攪、逗弄著舌頭，清晰而淫靡的水聲、夾帶著愉悅卻朦朧細碎的喘息低吟自手臂嘴角蜿蜒淌落，另一手圈住前端上下揉握套弄。

「啊、哈啊……唔嗯……把套子……」手指圈握施壓透過反戴的保險套，顆粒過於清晰的刺激同時帶來強烈的快感與痛覺。學弟仰起頭靠在學長肩上，喘息請求的話語零落……夾帶唾液的手指離開口腔，在胸前劃下微涼的軌跡、搓揉捏扯著那敏感挺立的點，一邊在頸側肩背落下吮吻，輕咬著張力幾乎已至極致的溼滑肌膚。

然而身體卻是更眷戀慰留地承迎緊縮，被束縛的手抬起、圈住、攀附身後不斷撞擊抛落自己的身體，勾著頸肩、拉近自己尋求更貼合更舒服更有快感的位置，不同於玩具的刺激，真實的體溫、撫摸還有與自己一同混亂的氣息，比什麼藥品遊戲都要來的迷醉心神，做愛的渴求連疼痛也悉數化為烈酒般的無上快感，即使覺得不適卻仍是貪圖歡愉而沒有全力阻止。

學長沒有給予回答，窄徑強烈的收縮以及熾熱溼軟的內壁，總能讓他少了點餘裕，而每每學弟近乎主動的索求、後庭更深更沉的吞吐含吮，自己似乎也能在肉壁失控般的收縮顫動間感受到，學弟那夾帶疼痛的甜美快感有多麼強烈。

……比起道具……我更喜歡你……

懷裡勾下自己的頭、探舌湊上深吻的人，彷彿正在用身體這麼表示……舌頭勾纏侵入彼此的口腔，交錯、融合、嚥下彼此的喘息與呻吟。

無時無刻不同型態的甜言蜜語有時實在很卑鄙……現在也是……但心中極其微小的介意，卻如此輕易地因而消失無蹤……呻吟在交纏的吻中被飲下，彈簧床傳來粗糙聲響，向自己求婚、總是微揚傲慢微笑的人正被自己佔有，用比較不彆扭的身體誠實訴說著我愛你。

✤ ✤ ✤ ✤ ✤

學弟躺在床上，睜開眼，天已大亮。

手還被束著，項圈也沒有解下，趴在床上的學弟摸摸頭上、扯下居然還在的貓耳扔到一旁，整晚上都未被除去的衣服仍是勉強鬆垮地留在身上，鮮紅的衣料溼了又乾，微微撐起身體便輕鬆滑落到幾乎亮出整片背部。

感覺到腰間傳來的酸軟和疲勞，學弟不知道自己是太久沒這樣玩還是學長能玩，不過倒是真的很久沒玩到這種程度……其實還挺愉快的。

勾起嘴角，淺淺眨著還有些乾澀的雙眼。聽見開門聲原本以為是學長回來了，看清來人之後卻微微一愣。

手裡拿著東西打算進來清理的男服務生也是一愣，他是看到門上的掛牌才……怎麼也沒想到進來之後……呃……

然後在一點都不無知的服務生眼裡、趴在床上的男人，既不說話也無斥責，僅是斜眼上挑地給了他一個悠然慵懶的微笑，用眼神告訴他什麼時候看夠了就出去吧。

「非、非常抱歉！」從驚愕與淫靡氣味尚未淡去的房間情境裡回神，服務生慌慌張張地行禮之後離開房間，然後在離開時看見正準備回房間的學長，又是尷尬有禮地鞠躬，然後快速的前往下個房間。

學長帶著小小的疑惑回到房間，看到似笑非笑懶洋洋趴在床上的學弟，揚了揚手中的餐盒。

「快中午了，我帶午餐回來。剛剛的服務生是怎麼回事？」

「大概是昨天回來沒把門牌翻回去或收起來，他以為我們外出請他們進來打掃，似乎稍稍受到驚嚇……你還不打算解開這個？」學弟亮亮手腕上的東西，緩緩起身，外掛和單衣毫無遮掩效果地滑落腰際腿間，靠向坐在床邊拿著餐盒的學長。

「再讓我綁一天好不好？你昨晚那樣好可愛。」學長賴皮似的語氣，卻先伸手解開了學弟脖子上的皮項圈，手指輕輕推揉那一圈淡淡的痕跡。

「賴皮啊學長，說好一個晚上。你這樣我怎麼吃東西？」學弟頭靠在學長肩上看著盒子裡的焗麵、三明治和甜點，假裝忽視學長已經滑向腰背的手。

「我餵你啊，怎樣，很有誠意吧？」收回手、打開食盒、拿起湯匙，很認真的舀起一口的份量送到學弟嘴邊。

「有誠意是把我放開……現在的活動是動物餵食嗎？」

學弟微微探頭向前張口含住食物，然後餵食的人抽走湯匙，攪動著經過焗烤的白醬通心粉，微微側首看學弟咀嚼，然後很愉快的送上第二口。

「我最喜歡小動物了，你這隻小動物好大隻啊。」

「那我倒要感謝飼主的賞賜與餵食了。」

說著抿下第二口，然後一口、再一口……輕輕的咀嚼聲，寧靜重複的動作，簡單的行為卻也帶來淡淡的樂趣。

「……真不想把你放開啊。」學長小小感慨，攪拌著剩下四分之一左右的食物，雖然想移動湯匙釣釣學弟，怎奈對方都不上當，只好又安分地將食物輕柔送進學弟嘴裡。

「你已經綁住我一輩子了。」學弟吞下食物，舔舔唇在學長嘴角印了一吻。

「糟糕，我是不是太好打發啦……怎麼老覺得你都欺負我好商量？」學長呵呵笑著，笑得開心又滿意，一邊將最後的幾口食物餵完。

「你好商量那世界上就沒那麼多難商量的人。我會乖乖讓你餵完，手好像有點麻，不過吃完再放開我就行了。」學弟舉起手、讓手臂中間套住學長，有點像把人圈在懷裡，卻又像依偎在別人身上。

「你挖苦我難商量？接下來想吃什麼？」學長邊回嘴邊調整了姿勢，傾斜盒子讓學弟更方便選擇。

「你是中間值，不要隨便調高好商量的等級。甜點好了，你特地拿回來想必很好吃？」

「嗯嗯，這個嘛……強力推薦。現在開始期待你吃過之後回家重現。」學長拿起甜點、剝去玻璃紙，先將沾上糖粉奶油的左手手指讓學弟細細的舔乾淨，然後又忍不住收回手指，輕舔上學弟沾染著糖粉香甜的嘴角唇瓣細細含吮。

「唔嗯……我們這樣會不會吃不完甜點啊……」

動心起念的人毫無誠意地感慨了一聲，才再次將食物湊近學弟嘴邊。

「溫飽思淫慾……這也算正常。」

學弟微笑的就著別人的手一口一口咬起了帶著濃濃酒香的軟甜糕點，而倒楣的服務生再次進來的時候，正好看見學弟半裸著身體，一下一下伸出舌尖舔舐含吮學長手指畫面。這次連對不起都不用說，立刻鞠躬就迅速退出去，也仍舊維持良好服務態度地輕輕關上門。

而看著服務生逃跑的兩人，很沒良心的開始哈哈大笑。

「嗯，傷腦筋，剛剛又忘記把門牌取下，他到底是尷尬還是被嚇到？先把門牌取下來？」學長一點也不煩惱地說著傷腦筋，滿臉笑得興味盎然，把食盒放在一邊，解起學弟手上的束縛。

「不用，我沖個澡就一起出去晃晃吧。也該讓他整理一下房間，總晃點他也滿可憐的。」學弟握著被解開的手腕，輕輕活動以恢復感覺與血液循環，然後站起身離開床，微微側首詢問學長的意見。

「你沒問題嗎？」學長一邊問著一邊笑笑的伸手解去學弟腰上鬆垮的腰帶，在剝去衣服任其墜落的同時，手掌刻意熨貼在皮膚上柔緩地撫摸按壓，然後把衣服塞進學弟手中。

「至少陪你溜達逛街絕對不會有問題。」

帶著慵懶疲憊卻仍是囂張不減的笑容，刺激到原本打算放過學弟的學長，挑眉好笑地脫掉上衣、拿走學弟手上的衣服甩回床上，推著人進浴室、塞進浴缸裡，惡作劇似的擠出大量的沐浴乳，有點粗魯有點用力卻又鉅細靡遺地把學弟全身上下洗一遍，也不管學弟『喂！等一下！』的抗議就把冷水開到最大用力沖去泡沫，冰得學弟一點聲音都發不出來之後才關掉水，讓學弟自己擦乾身體後回到床邊，待學弟穿好衣服之後才又拿了條新毛巾、讓學弟坐地上自己坐床邊，輕輕替他擦乾頭髮。

「真是……對我溫柔一點嘛，我對你都很溫柔，別欺負我……你那種刷法簡直像在洗車，水好冰。」學弟苦笑喃喃抱怨，還打了個小噴嚏。

「因你只會讓我對你胡作非為，就像你平常的溫柔體貼只屬於我。」

擦頭髮的手傳來得意的聲音，毛巾下的學弟笑開臉、仰頭，抓住那輕柔按摩頭皮的手、抬手勾下那微微訝異的臉，飽含笑意輕聲說著「原諒你。」，然後印上今天中午的早安吻。

✤ ✤ ✤ ✤ ✤

由於時間因素兩人迄今都還沒有去距離稍遠、需要較早起床的景點，今天也是一樣，但由於剛好碰上跳蚤市場等等的傳統市集，離開旅館範圍進入街道後顯得相當熱鬧，搭配市集的人潮，小巷內的古老店家也放出了小而古舊的手寫立牌，在熱鬧之餘又多了分穿越時間的沉穩寧靜。

搭著遮陽棚的攤子整齊卻又略顯混亂地開展在石磚製的地面，在小小的廣場填滿至街道入口、彩帶的裝飾穿梭，然後街道串連上另一個廣場，連接另一種集市。

充滿糖果點心的市集會看到氣球與小丑；傳統市場的市集會有鮮豔的蔬果、未曾見過的食材、大塊的硬乳酪和一桶桶的花朵；古董市集裡會看見戴著畫家帽、鼻子紅紅很正統印象的攤主人，古畫、盒子、飾品、雕塑或是有著各樣美麗紋路的破片，以及讓人微笑勾人懷念的各種煙斗，以及咬著煙斗的老人們交換遞補記憶的景象；跳蚤市場則會看見最大的年齡差距、以及最多怪東西與意想不到的東西。

年老或是年輕的路邊畫家可能群聚、也可能在意外回頭轉過某個角落時驚鴻一瞥，在也許自己都沒意識到的時間裡，記錄城市川流永恆卻也永不回頭的漫長生命。

旅行與觀賞本身並不一定需要具有目的，因此置身其中的兩人都感到相當愉快，一邊看著也順便尋找各自喜歡的收藏品。至於要帶回去的伴手禮，當然是邊看邊討論，想像模擬對方收到禮物的反應與心情，是挑選禮物的樂趣。而且既然當事人不在，討論的內容措辭自然是更過份更好笑——笑得更爽快。

夜晚則從白天所獲得的情報作為起點，有著今晚限定美食的咖啡館，小提琴聲婉轉悠揚的茶館，同時有好酒與好菜的餐廳。學長的師父們時常拜訪的幾間爵士酒吧，依舊流洩著詼諧自在的鋼琴旋律。

因為沒有聯絡上所以結婚時沒發喜帖，如今想來便在酒館間試試運氣，尋訪夜晚的偶遇。好運氣找到的幾位看見他們出現在歐洲、也是相當驚訝，在聽到出現理由是結婚與蜜月的時候，驚訝就在短時間裡變成湊趣的笑容，一邊說著「好、很好、非常好！」，一邊聊天補足彼此間過去幾年的空白。

這中間的好酒好菜是絕對不會少，在對話的同時也不忘把在附近有機會過來的人叫來，讓兩人——尤其是學長，得以看看真的許久不見的老師們兼忘年之交。至於聚會最後總是會出現的演奏驗收以及合奏，也就成了奢侈的賀禮，因為誰也不知道，當下之後的分別可有再見之期，於是，琴聲成為給予繼承者的祝福，在學弟低沉的嗓音裡融入燈光之中，用言語之外的曲調祝福彼此明天與明天之後的時間。

歡鬧的活動直到清晨，看見恩師們彷彿豁出生命般地歡鬧慶祝，學長在苦笑擔心的同時，也感受到了如同美酒般浸滿身體的醉人幸福，而實際上也的確有點喝太多……忍不住轉頭看看學弟，而學弟也正轉過頭看著他，輕聲微笑的說著我們回去吧。然後就像以往做實驗到清晨、看到朝陽就發出嗚呃啊的小小呻吟，走出店門的兩人一面摀住眼睛哀嚎，卻又在酒精的餘韻裡笑得很開心，很慢很慢的踏著石版上的腳步聲走回旅館。

再醒來的時候當然已過中午。

雖然沒有宿醉，但兩人還是洗了個能清醒的澡……學長圍著浴巾出來的時候沒看到學弟，正在疑惑人跑去哪，已經穿好衣服的溫熱體溫自身後貼覆而上，把自己抱了個滿懷。

「幹嘛？還特地偷偷摸摸地不出聲？」側過頭、看學弟笑得甜甜地把下巴枕在肩膀上，像貓一樣貼上來的模樣讓學長覺得很有趣，學弟輕輕垂著的眼瞼遮住眼睛、彷彿在沉思？

「就是要做壞事才偷偷摸摸。」

淺睜著眼的人賣乖似的這麼說，手指畫圓搓揉著胸前的乳尖，輕輕吮啃還透著水氣與沐浴乳香味的皮膚，用舌頭感覺頸後細小的汗毛絲絲豎立。

「今天不打算出去了？」麻癢的感覺從被碰觸的地方潛行至身體的每個角落，忍不住微微瞇起眼，順著學弟的懷抱坐在床緣，然後又轉過身體跨坐在學弟身上，浴巾落在學弟腿上，然後，又滑落到地上，學長完全沒有這個意思的臉笑得萬分挑逗。

「不，今天坐車去稍遠一點的博物館和公園，那天聽說的時候不就說要去？」

笑著這麼說的人表情依舊，的的確確是一點想要的感覺都沒有的表情……只是手掌卻還是緩緩捧覆揉搓著臀瓣，摸得既曖昧又難分難捨。

「是這樣沒錯，那你現在是怎樣？」要沒誠意大家一起來。學長一邊這麼問，一邊把赤裸的身體手臂貼向學弟、環上頸子。

「嗯……做壞事跟壞事的前置作業。」

「前置作業？嗚！……你……除了手指還放了什麼……？」

沒有任何潤滑的侵入在帶來阻力的同時，也有更深的壓迫感和入侵感。學弟一手抱緊想掙扎的學長，探入幽穴的修長手指，在撫平摺皺輕輕愛撫的同時把東西往裡面緩緩推入。

「那天你放進我身體裡的東西……別擔心，我已經用過所以不會有問題。」

「不是這個問題！我說你、啊！嗯……」

突然快速抽出手指的動作，帶來讓人腰間酥軟的刺激。想伸手取出被阻止，於是收縮內壁想退出學弟塞入的玩具，學弟抽出的手卻打開了電源，震動所帶來的刺激像漣漪擴散的陣陣掠過身體，從來也沒體驗過這種東西的學長，立時只能不甘心的咬住呻吟，微微痙攣的內壁反而將玩具吞得更深。

「不然，是什麼問題？學長你也太沒警覺性了……都跟你說要做壞事了還沒想起來。」打開電源之後學弟的手並沒有停下來，而是繼續拿起一樣東西穿戴在學長的下半身，微涼的觸感讓學長不禁為之哆嗦。

「這……什麼……？」緊縛而略略具有壓迫感的皮革製品，在學弟的動作間發出機械簧片的卡榫音，漸漸適應的學長想伸手解開，才發現這個東西比他原本想的還糟糕。
「你這樣問，我會不好意思回答……猜不出來嗎？」學弟收起學長想搶去的遙控器，拿起床上的衣服開始慢條斯理替對方穿上。
「你這……變態！最好是會不好意思回答啦！啊、唔……」學長忿忿的拉好身上的衣服，然後在離開時，因姿勢改變的刺激、讓學長恨恨的扶著學弟支撐自己。
「好吧，貞操帶。你口中的變態東西可是你損友買的喔。」學弟邊回答邊站起身扶正學長的身體，然後很規矩的放開手，亮亮鑰匙、收進口袋。
「……拿下來。你該不會……」
然後學長看到學弟笑得一臉天真燦爛……個屁！只有皮相，內裡黑得發亮！天真太遙遠啦！
「所以說是前置作業嘛，穿好衣服，就照計畫的出去逛逛吧，還是要我幫你穿？」
「你……還說我，這樣跟說好的不一樣吧？」一想到要這樣出去就頭皮發麻，學長忍不住開始做點垂死掙扎。
「那天，是誰故意把門牌掛上去的？我記得我有收起來。然後，我可是很~乖巧地被你多綁半天，洗澡的時候也隨便你拿冷水什麼的粗魯對待。我現在只是……嗯……比照辦理。」
「比照辦理不是這樣用！」
「那就改成等值兌換，個人認為代價是差不多……我可是幾乎剝光的被人看見。」
「……」說不想出去等於從現在開始玩嗎……學弟似乎鐵了心不取下來……
學弟也不理會學長的掙扎，反而趁學長安靜的空檔整理外出用的背包。再回頭，果然看見學長已經穿好衣服，淡淡紅了耳根，一臉很彆扭覺得很羞恥的表情。

學弟帶著滿意的笑容把背包掛在肩上，然後把學長心愛的相機掛在學長脖子上，牽著學長的手慢慢走出房間、走出旅館、走到車站、坐上接駁車……對學長來說震動的感覺並不是那麼的沒辦法忍受，步行間摩擦、隨之牽動的緊壓與收縮，讓「走在路上」這個行為有了淡淡的恍惚感，整個身體都浸泡在輕微酥軟的感覺裡……感覺夏天的天氣又更炎熱了一些。

坐在接駁車上吹著冷氣讓學長稍稍鬆口氣，前端鼓脹卻被緊束的皮革壓迫如常，難以抒發的壓迫感與痛覺令人難耐……因此，坐在車上無須走動又有冷氣降溫，對漸漸變得敏感的身體來說很舒服。

……好在天氣熱……就算臉有點紅……脖子耳朵有點紅……也不會太引人注意、嗚！……

「……你這傢伙……」學長忍不住緊抓前排座位的椅背、把頭埋在手臂間咬牙切齒，剛才……差點就叫出來了啊……

「我又沒一口氣調到最大。」

學弟用撒嬌般的語氣、湊近學長耳邊輕聲低語，看著學長又刷染上一層瑰霞的耳根與頸項，呼吸微亂地一邊適應、一邊因為自己的吐息輕輕顫抖。

「不是……不要用這種口氣說這種話！做這麼惡劣的事賣什麼乖！」好不容易重新穩住氣息、壓下讓身體又軟上一些的快感，氣息有些虛弱的學長，氣急敗壞的如此抗議。

「那我像你前天一樣一口氣調到最大囉？」

學弟用遺憾又疑惑的口氣這麼說，離開學長耳邊，學長看也不看「啪！」的一聲、立刻抓住學弟的手。

「……給我慢著。」

「什麼事？」

「……你還是照原訂計畫就好了。」

「我知道啊，我這麼乖你說是吧？」理所當然的語氣，輕輕拍了拍學長抓住自己的手，學弟露出那種「請放心」的笑容，悠閒的從背包拿出旅遊手冊打開閱讀。

「你說是就是……」已經不想耗費無謂的體力多做辯論，學長調整比較不會……太有感覺的……坐姿，看著窗外分散注意力，一邊咬牙暗罵偷偷又把震動調強一些的學弟。

✤ ✤ ✤ ✤ ✤

抵達目的地中間的一個多小時車程，路上究竟看到什麼在學長的印象裡很模糊。因為學弟的確是照「預定計畫」，緩緩增強了體內的震動。因此，一路上的窗外美景，也就只能拿來分散注意力，身體大部分的感覺、意志力、與體力，都在適應與壓抑震動增強的不適、以及適應不適後如潮水湧上的鮮明快感，衣服偶爾的摩擦都能在體內竄起電流般的酥麻刺激，讓學長幾次差點在學弟調強震動之後呻吟出聲。

學長知道現在的震動離最強還有一段不小的距離，比起他那時為了整人瞬間調到最大，這種逐漸適應的增強更折磨……痛感與不適都非常微弱，所以快感就更強烈。

等下車的時候，更是差點站不起來……學弟一點都不好心的掩護與扶持幫助他順利下車，但是偎近的體溫與碰觸，實在是……舒服得讓人暈眩。

「……你夠了沒有？」短短五個字說得有點上氣不接下氣，自己聽著都覺得丟臉又悲哀。

「看你這樣，還早。」學弟笑得一臉可愛，在學長臉上「啾！」了一個。

臉頰上短暫停留的溫軟撫觸，讓學長發出了小小的呻吟。

「……馬的……該死……」我幹嘛想不開答應你啊……在房間被你玩到死就玩到死……這樣實在是……越覺得羞恥就越在意這種感覺、越努力不在意然後就越有感覺的陷入惡性循環……

學長雙手摀住臉暗暗咒罵，揉揉臉試圖更清醒的拉回意志力，便隨著買票回來的學弟緩步步入展館……這種時候就不由得感謝這種地方大家都走得慢，走得慢等於有氣質有文化素養，因此自己就算走得慢也一點都不奇怪。

緩緩地經過瀏覽的櫥窗，導覽的英文解說在耳機裡播放，停佇、再前進，漸漸地不太清楚自己在看什麼，聲音變成背景越來越模糊，走進第三展覽室的時候，學長幾乎是把體重放在學弟身上被抱著走……學弟一手扶著自己的腰，一手還在漸漸地加強震動。下體已經脹得發痛，緊緊壓迫卻使外表看起來一切如常，更加深了疼痛與難耐磨人的感受……走動時牽動肌肉、衣物隨著行走的晃動摩擦，也在意志動搖間變得異常強烈煎熬，不管是舒服的還是不舒服的，全都在忍耐間成為快感，而支持自己的體溫氣息正加劇意志的崩潰。

「……夠了……停下來……」呼吸從剛才開始就亂了，在忍耐裡輕而略顯淺促的喘息著，學長不敢去想自己現在的臉有多紅，覺得自己靠向學弟耳邊的吐出的每個咬字都像呻吟。

「想要……舒服一點嗎？」

「……嗯……」低沉的聲音柔軟誘惑，學長忍不住用臉頰輕輕蹭著學弟的肩膀。

低迴的笑聲輕柔細小地響起，感覺很舒服……也很不甘心。

「……好孩子。」

等這句帶著笑聲的壞心眼誇獎傳進學長的意識裡，學長才發現學弟已經帶他走進男廁，他當然沒天真到學弟會停下震動，但但但是在博物館的廁所裡他想都沒想過！

「你、唔……等一下……嗯……」因為驚訝而短暫抓回的意識，在學弟鎖上廁所門、把他壓在隔版上的吻裡迅速融化，在被設計得有如藝術品的燈光中，沉淪在被逗弄許久而格外渴望的深吻與撫摸裡。

舌與舌激烈的交纏、舔舐彼此口腔中的每個角落，捧住頭變換更密合深入的角度，含吮到舌頭麻痺還是覺得飢渴。

分開的唇瓣牽引出細而且閃爍微光的絲線，學弟看著學長溼潤蕩漾、因為情動而熱情軟弱的目光，忍不住又低頭舔舐吸吮著嘴唇、嘴角、還有蜿蜒至頸脖的水痕，換來抗議不滿的嚶嚀聲。

學弟一邊淺笑、吸吮學長的脖子發出細小聲響，一邊解開拉下學長的褲子，用手掌的溫度，熨貼上已經非常敏感的大腿內側，看見學長敏感得輕輕顫抖，倒吸一口氣的咬住幾欲脫口的甜美音色。

「……都溼透了呢……」

「閉嘴……」拜託你別再說這麼下流的話了……

即使拘束而無法勃起，身體仍舊誠實泌出反應歡愉的淫液，只要一想到可能沿著大腿流淌而下，學長就覺得好想死。

學弟蹲低身體，在學長瞬間明白想出聲阻止前，吸吮上被解開的根部、舔去緩緩流下滿溢而出的液體，讓想阻止的人只能咬住自己的手，好令不合場所時宜的聲音不至外洩。

潮溼的吸吮聲細小卻在聽覺裡被放大，含舔輕咬著囊袋的唇舌暖熱得讓人憤恨、手指按著尖端一輕一重的畫圈上下摩擦、通道裡沒有被停下的震動……雙腿已無力阻止身體緩滑而下，連扶著學弟肩膀的手都顯得過於虛弱。

「……啊嗚……別吸……」兩手都拿來支撐就關不住聲音，斷斷續續的喘吟，在苦悶的表情中脫逃，夾帶隱含柔媚悅樂音色的抱怨。

於是舔吻向上移動，學弟執起學長的手環在肩上，重新吻上那想要解除理智的唇瓣，手握住勃起的莖部上下套弄，感覺那掙扎似的迎合，還有一聲聲被自己吞噬、殘留下水聲與細細嗚咽的呻吟，變成恍惚迷醉的愉悅鼻息，在口腔裡渡讓過於炙熱的微弱空氣。

「嗚……」

彷彿被消去似的空白、被飲下的強烈反應溼濡了套弄的手，學弟放開那被澈底掠奪的唇，軟軟靠在隔版與自己懷裡的人，輕垂雙眸不住喘息地尋回欠缺已久的氧氣。

溫存地重新舔上充血而格外紅豔的唇，手柔緩愛撫著解放過後疲軟的慾望，於是環住自己的手輕輕抓緊，撇開頭、避開吻將呻吟埋在手臂間，瞪向自己的眼神情慾未退，小小的怨恨、憤怒、交織著被慾望誘惑動搖的水漾霧光，身體因為玩具的關係始終沒有真正的放鬆，有如反應震動餘波般的皮膚細細顫動。

「……拿出來……」埋著的臉閉上眼睛這麼說，悶悶的虛弱聲音，溫潤渲染出本人都沒發現的渴望與需索。

聽見請求……始作俑者輕笑地舔吻著學長的臉頰、緋色的耳根、脖子，一手抬高學長的腳，滑落足踝的褲子被小心褪落至地上，被體液潤溼的手指探向不住吞吐開闔的菊穴，戲耍似的在周圍轉圈、按壓用指甲輕輕刮搔……於是埋首在手臂頸間的人，洩憤而又堵住聲音的、張口恨恨咬住學弟裸露在衣領之外的皮膚，感覺學弟因吃痛而微微頓住、呼出混合笑意的嘆息，然後再因為長指的進入而咬得更用力。

手指彎曲撫弄、轉動進出……吞吐的肉壁描繪出手指的動作形狀，然後一指增加成兩指，夾住震動未歇的道具按摩、輕壓、比皮膚更敏感柔嫩的黏膜，忽快忽慢的抽出與進入。

「啊……唔……別、別玩了……回去再、嗯……」即使努力抱緊學弟，想埋住臉埋住聲音，但後庭竄過背脊的刺激，還是讓身體反射仰起、鬆落咽喉深處的喘吟，不知何時會有人進入的公廁令人強烈不安，但羞恥感卻又無法理解的助長了性慾的興奮感。

「嗯……哈啊……」

學弟終於以磨人的方式取出物品，失去填滿與震動騷擾的身體發出細而嬌柔的喘吟，平靜下來的空虛與被吊到半空中的慾火，反倒更讓人痛苦。

感覺到學弟抬起手臂的動作，學長不自覺的用眼角追隨動作，看那沾染著自己而在昏黃燈光下瑩瑩爍爍的手，緩慢地把手中震動的玩具塞進自己胸前的口袋，感覺那從後方移到胸前的震動，隔著薄薄的布料在胸口囂張地跳動。

「……停下它……」嗚……感覺好丟臉好可恥好想死……震動移到胸前感覺更……

「沒空手……幫我拿好不好？把左邊口袋的東西都拿出來。」

手指溼滑的感覺扶上腰際，學長遲疑了一下，才鬆開環在頸間的手、探向口袋，在摸到東西時先一陣錯愕僵硬、然後羞憤欲死的把頭整個埋在學弟頸窩，憤恨地將物品拍上學弟胸口，無言以對的讓沾有體液的修長手指拿走東西。

一個是遙控器，學弟接過之後並沒有停下開關，而是直接把遙控器扔到地上，讓學長好後悔剛剛有機會卻沒自己把震動停下來……另一個是……保險套。

「你抱這麼緊我沒辦法戴。」學弟用牙齒咬住撕開包裝，語氣理所當然卻又無奈寵溺。

緊緊抱著學弟的學長抱得更緊，埋著頭不說話也不動。

「……不想要？」

怎麼可能不想要……被你撩撥到這種程度不要比要還痛苦……

學長還是緊緊抱著，沒說話也沒鬆手。

「……直接來？」學弟發出稍稍困擾的低柔音色。

「……我正在捨棄我的羞恥心……麻煩你同情我一下……」軟弱而且非常害羞的聲音，悶悶地從漸漸放鬆的手臂間傳來。

學弟一邊笑著一邊吻上學長的耳根臉頰嘴唇，邊笑邊嘆息著好可愛的吻著……把套子放到學長手中、牽引對方的手解開褲頭、拉下內褲，幾乎僅靠手指的觸覺，在學長微微顫抖的手中將泛出香甜氣息的橡膠製品包覆在慾望上，然後，執起學長的手放在唇邊，伸出舌尖輕輕緩緩地舔舐著手指。

「你……嗚唔……」剛想抗議不要再玩了，學弟的吻就覆蓋在唇上，探入舌頭，混染上軟軟甜味的唾液，隨著舌尖舔畫勾纏，與自己的唾液融合在一起。

「……草莓的。」學弟低低說出品嚐之後的答案，抬起學長的腿、把身體更緊的壓在隔版上，「真遺憾不能聽見你這樣的聲音……不幫忙你消音似乎會生氣……真遺憾。」

湊在學長唇邊如此呢喃的學弟，萬分真誠地傾吐氣息，在學長抗議「你遺憾個屁啊！混帳！」之前，再次堵住其實軟弱得非常可愛的紅瀲雙唇，挺入那經過放鬆的溼潤通道。

「嗯……」

放鬆對重量的支持，貫穿的動作就更強烈深入，深纏的吻追逐因進入而仰起的頭，攀附肩膀的手收緊又放鬆。感覺那不住吞吐緊緊絞住自己的溫熱內裡，隨著圈緊腰部的雙腿，將自己更深更緊的吞沒。

細緻暖熱的感觸，讓學弟的呼吸也失去從容，漸漸粗重的喘息在一下下頂入的律動間，與學長的呻吟一同在舌尖含吮糾纏，聽著從鼻腔哼出聲聲輕淺愉悅的氣息、口舌相濡的水聲、抽插推擠的潮溼聲響，懷裡貪欲卻又害羞的身體就會更貼向自己、更用力的攀附、夾住胸前的震動與自己不斷摩擦，在略微拋動的頂入時迎合得更深、在退出時更眷戀的收縮，每一次軀體的碰撞都帶來比上一次更鮮明的快感。

「啊啊……嗚……」

呻吟在大口呼吸與吻的間隙裡，無可避免地走漏一兩聲。安靜的國家級博物館，世界級設計師打造的公共空間……細小淫靡的聲音，似乎在這不安定的狹小空間裡被無限放大，然後又轉換為高張顫慄的興奮快感，強冷的空調也無法降低溫度，一次比一次更深更猛烈的貫穿在封鎖呻吟的擁吻裡令人暈眩窒息……想要大口呼吸，已經覺得發出聲音也無所謂了，學弟執拗盡責的舌吻體貼得讓人厭惡、甜膩得迷醉心神，震動在起落間擠壓摩擦著兩人的胸口、掀起有別於愛撫的另一種愉悅刺激。

「嗚、……慢……我……唔……」仰頭從深吻裡掙脫、大口喘息，在失速的衝擊裡感覺到極限，卻又在重新壓下的吻裡被進入得更深，請求與呻吟都在瀕臨極限的律動中殘破零落。

「嗚嗯……」

在體內脹大衝刺的灼熱性器，彷彿回應自己的極限而跳動著，過於炙熱激烈的感觸與深入，讓身體在快感中解放……從持續被蹂躪的內壁到不斷被衣料摩擦的敏感肌膚，都因為高潮而不斷顫抖。

學弟發出細小悶哼更用力更深的進入，感覺高潮過後的內壁在吞吐間強烈地痙攣收縮，溫熱緊緻的美好感受讓學弟跟著解放，令學長在喉間溢出了細小的嗚咽，學弟放開學長被親吻得幾乎滴血的雙唇，維持著姿勢、緩緩抽插著不願離開。

溫存的感覺讓學長在喘息裡多出了難耐地呻吟，胸前的震動像是愛撫著過快的心跳那般，混合在敲擊鼓膜的心跳聲裡，情事已經結束……也該結束……學長勉強找回力氣，推抵著，在學弟的懷抱間拉開小小距離。

「……出來……別玩了……」到現在沒人進來已經夠奇蹟了……

學弟又給了學長一個吻才退出，扶著那發軟的身體、扯下衛生紙輕柔地替學長清理著、除了按摩棒外穿戴回所有的東西，也終於停下了震動。然後清理自己，把保險套用衛生紙包一包丟進垃圾桶後，抱著學長反過身體，以自己靠在隔版上而學長依偎在懷裡的姿勢，讓懷裡熱度未退的身體慢慢恢復。

「還舒服嗎？」低沉柔和的嗓音，很有氣氛地在燈光裡震盪響起，在情慾氣味濃厚的狹小隔間裡，聽來格外地淫靡而且下流。

……所幸空調真的很不錯……學長不打算回答的把臉埋在學弟胸前，感覺強冷的流動氣流，帶走空氣與身體裡不該在這裡出現的無形事物，然後慢慢的取回體內的力氣。

雖然還是軟軟的但已經大致恢復……這麼想的學長才發現緊抱著他的學弟，一點放開他的意思都沒有，面帶微笑用極近的距離望著他……簡單來說，不聽到答案不放開就對了!?

「……唔……」

「嗯？」

「……還……不錯……」支支吾吾……在這種地方回答這種問題真是丟臉死了……

「嗯嗯……不錯啊……那我得要再努力一點了……」

聽聲音似乎真的開始深思熟慮。

「……不……我的……意思是……」為了身家安全與顏面問題，反悔改口這種小小的損失還負擔得起。

「嗯？」

「……」不行，總覺得不管說滿意還是舒服下場都一樣慘……重點是、重點是……

實在是說不出口，在羞恥心回家的現在的此時此地怎麼可能說得出口……

然後可以微微拉開距離的學長，對著學弟的肚子重重餵了一拳，紅著臉放開微微彎腰悶哼的學弟，打開水龍頭拼命的朝著臉潑冷水。

至於原本放在胸前口袋裡的東西，當然是收進背包小口袋的最深處，貞操帶也一樣。

✤ ✤ ✤ ✤ ✤

挨了一拳之後的學弟很安分，恢復理智心神的學長終於可以好好看展覽。於是又拖著學弟回到第一展覽室從頭看一遍，一邊在心裡慶幸還好應該似乎沒被發現。

整棟的博物館跟戶外園林、以及不遠處的公園連成一整片的風景，在林蔭間風撫過土壤與林木青草的氣息，帶來清爽的涼意，在陽光下濃豔的顏色在微風之中也變得柔軟浪漫，薰人欲醉。

人工設計在自然晴空的搭配下，兩人愜意的觀賞了一場光的表演——從午後直至夕陽，絢爛盛大、千變萬化的光讓一切浸染成難以想像的華麗，然後又娉婷地在紫藍色絲絨裡優雅謝幕。

在城市裡，夜歸無法披星倒可載月，晴空讓月光清澈，也能零落的看見星子們閃爍，人行區讓兩人邊注意著路邊抬頭仰望夜空下的城市，於是回家的路就走得有點蠢，像是沒喝酒也醉的醉漢那般走得很危險。

因此走進房門的兩人在關門後就開始很傻氣的哈哈大笑。

解除裝備，學長拿著衣服進浴室洗澡，在周圍一切可以分散或集中注意力的東西都消失之後，疲勞就真實的出現在意識感知的範圍……尤其在下午被學弟折騰之後。

略微調高水溫，淋在身上的水滴對夏天來說是太熱了，但卻格外能撫平疲勞。學長靜靜低頭任由水從頭髮滑落全身，放鬆地感受溫度與水份，重新替身體注入甦醒的感覺。

閉上眼睛，等學長聽到有別於水聲的聲響而離開水柱範圍、抹去臉上的水想打量情況，那個靠近到可以投下陰影的人已經靠得非常貼近，抓住自己的手反扣身後抱個滿懷，在自己利用水的溼滑掙脫前將某個東西銬在手腕上。

原本冰涼的東西因水溫迅速變成溫暖的物體，金屬的手銬，真是好個快速方便的東西！

「你搞什麼！」學長實在忍不住提高音量，今天在外面已經玩過了，就算今晚真的是復仇戰也至少讓他洗完澡！到底是哪個point打開了這傢伙好久不見的變態開關啊！

「餐前準備。別擔心，幫你洗澡而已，只有我需要擔心你賴帳劇烈反對吧？」

學弟的回答說中某些事實……學長知道自己的確有可能這樣賴帳，因為他知道學弟不會對他用強或是傷害他……所以學弟通常都會轉而使用其他的方式……埋伏偷襲威迫利誘先斬後奏……

更！每次都這樣！好啦，雖然自己每次也都有超過七成的衝動想賴帳……不過那個餐前準備聽起來有夠驚悚。

「什麼賴帳！今天在外面已經玩過了吧?!你這樣太超過！」

「有嗎？用總時數來算還沒到喔，還是說學長想用次數來算？那天我幾次學長就幾次？」看了有些年的微笑柔和優雅，每次看都有微妙的不同又好像都一樣。學弟面帶微笑地關上水，伸手按出沐浴乳，抹在學長胸口細細搓揉起來，柔滑的泡沫隨著放肆地動作越來越多，擴展到身體的其他部分、抑或隨著水分緩緩滑落，學弟帶著泡沫的手抹上學長的脖子耳根、帶著指尖括搔的搓揉，然後是頸後，很有技巧的、按壓撫摸般地用手指掌心擦抹……

讓你用次數算我就死定了。

「請照原方案……這算哪門子的餐前準備？」學長閉起眼睛放鬆身體，開始告訴自己不管怎麼玩會爽就對了，告訴自己這就是還債，感覺那很熟悉自己而自己也很熟悉的手、由上而下由淺而深地挑弄起陣陣情潮，讓其實很舒服的酥麻感充斥、支配著身體。

「這個嘛……算是料理前先清洗材料，還是主餐前先享用前菜呢？」

「……請不要問食物這種問題，太難回答。動作快點，站著好累，食物要求保鮮。」

學長的發言讓學弟笑不可抑，抱著學長的身體邊笑邊抹著背，按了更多的沐浴乳抹在彼此的身上，搓揉出更多的泡沫，想開了的人則笑得甜甜地大方接受學弟的服務……只要是在私底下，學長的range一向寬廣。

「好囂張的食物，你的保鮮期是一輩子呢……好吧，你讓我放棄原本的計畫了，到底誰比較狡獪啊。那麼，殿下，我要洗頭了，請閉上眼睛。」

「怎麼又變成殿下了？」笑著反問的人乖乖閉上眼睛，感覺那雙大手極其悉心溫柔的按摩頭皮，在髮絲間製造泡沫，傳來另一種不同的麻癢竄過背脊。

「因為你是最頂級的美食啊，食材大人。」

「唔，你笑著這麼說我反倒心情複雜……」

「有什麼關係，我只吃你而已。」

柔得比水更軟更暖的聲音這麼說，輕輕叮嚀了一聲別張開眼睛，將已經一點都不覺得過熱的水淋在自己身上。

✤ ✤ ✤ ✤ ✤

學弟的確是堪稱安分的把學長從裡到外非常仔細地洗了個透徹，讓被洗完的學長幾乎完全癱軟地倒在床上，一想起剛才差點就被學弟「不怎麼認真」地逗弄到射精，其實軟得很舒服的學長，就不敢想學弟的原訂計畫到底是什麼。

學長抬眼打量學弟的動靜，發現房間裡已經多了一個餐車，還有插在冰上的酒。

正好奇間，學弟已經拿著小汪那一大箱道具靠近床邊，拿起那天的皮束帶……皮手銬，坐在自己身側、帶著微笑地繫緊束縛，取下金屬手銬扔回箱子裡。

「用那個手容易受傷。」似乎察覺學長詢問的眼神，學弟輕聲解釋，拿起箱子裡另一件皮革製品，略緊地繫在腰上，然後折起雙腿，用與腰束帶側邊的其他皮帶緊縛固定。

學弟綁到一半的時候學長就開始後悔了，等綁完後悔也來不及。雖然在浴室的時候想開了，但等真的被綁起來，還是覺得非常羞恥……但在相信學弟的前提下卻又升起淡淡的興奮感。

黑色皮革讓自己現在完全一副任人宰割的姿態，而綁好之後學弟又拿起一樣東西，讓學長開始覺得學弟是為了這個，才先把他綁起來……穿這個真的……很……

「有這麼不好意思？怎麼說這也算學長喜歡的細肩帶。」學弟滿滿笑意的聲音，在學長頸後腰後綁繫紅繩，看著應該不能稱之為細肩帶的肚兜，餐巾般地鋪在學長因害羞而微紅的皮膚上。

「看跟自己穿是兩回事！唔、嗯……」胸前傳來的刺激讓學長停下抗議，忍不住像貓兒般地微瞇起眼，輕聲哼吟。

「都很舒服不是？但是看起來……很不錯。」學弟探出舌尖舔向學長臉頰，緩慢地將親吻移向脖子、輕咬頸後，很慢很慢地舔吮沿著背脊，然後在背後最靠近心臟的地方重重吸吮。

「啊、嗚……痛……」在感覺疼痛的同時，背脊傳來的感覺酥得讓頭皮發麻。等學弟蓋完章便放開學長，轉身去拿那桶冰塊以及冰鎮的酒，放在床上方便拿取的地方。

首先是冰鎮用的小塊碎冰，學弟拿著冰塊按在淺淺發疼的印記上，推著緩緩融化的冰塊向上移動，感覺突來的冰冷溫度讓學長倒吸一口氣後瞬間渾身抽緊。

小塊碎冰很快便完全融化，學弟讓手指畫開冷涼的水，然後打開酒瓶，將冰透的酒一點一點慢慢地淋在學長身上，一點一點緩慢仔細地抹開，夾帶挑逗與愛撫的手部動作，配合著漸漸濃郁的酒香，學長微微顫抖的皮膚與身體，就漸漸不只是因為冰冷而顫抖，酒液讓學長胸前的單薄布料由豔紅轉為溼潺的暗紅色。

放下酒瓶，拿起配酒用的、冰錐敲出來的大塊碎冰，學弟俯身隨著手裡的冰塊，開始一吋吋的含吮舔過方才被酒液溼潤過的表皮。

「啊……嗯……」先是冰塊的冰冷、冰涼而又微癢地融化，緊接著便是學弟溫熱的吻，有些用力的吮去酒水，交錯的溫差與感觸非常有效鮮明地挑撥著能喚醒性慾的刺激，在學弟的舔吮下忍不住發出細小的聲音。調情的手段，目前為止溫柔酥癢得令人睜不開眼睛。

冰塊越來越小，吻沿著背向下游移、輕吮了幾下被束縛的手，學弟手掌包握住臀瓣，在學長掙扎前舔劃過穴口猶自緊閉的皺褶，冰冷的水滑過敏感的周圍，於是被綑綁而無法有效掙扎的身體輕顫細小的哆嗦。

學弟重新含了一口酒、舌尖探入穴口，哺餵酒液般地讓口中的酒順著舌頭的入侵，一點一點地滲入、溼潤窄徑，用舌頭品嚐內壁因酒精以及羞恥心的刺激而不斷顫動收縮，壓著冰塊撫弄臀瓣的掌心滑向大腿內側、稍稍戲弄了根部，融化的冰水沿著莖部滴落，讓學長的身體又是一陣顫抖，輕喘呻吟……愛撫的舌尖退出，將已經只剩三分之一的冰塊緩緩推入穴口。

「啊！你、……嗚呃……」冰冷刺激讓肉壁反射性的痙攣收縮，夾帶冰冷痛楚的鮮明刺激隨之迅速流竄過身體，勃起的先端泌出了有別於水光的晶瑩液體。

學長忍耐著冰塊在體內的冰冷，感覺融化的水流淌漫開。學弟的手再次夾著新的冰塊揉弄著根部，靠近後穴的唇再次探入舌尖，哺入微微回溫的酒液，然後——

「你、……你這變態！嗚……你、你在幹什麼！」

「喝餐前酒。」

在穴口周圍嘖嘖含吮的聲音，伴隨了舌尖伸入內部的舔舐吸吮，流動的液體對裡側隱隱跳動的黏膜帶來異樣的刺激，羞恥感讓這樣的行為有了無法理解的清晰感受，即使身體的主人可恥到想死，快感仍是在後穴的吸吮、以及前方根部冰與熱的交互愛撫下迅速漫延至全身。

吸吮完殘液，學弟再次推送入冰塊，每次的冰塊都比之前的大塊一點，拿起新的冰塊愛撫著學長的胸前、小腹、從根部至尖端的讓冰塊劃過嫩皮上下摩擦，一口一口的將酒液哺入菊穴窄徑、吮飲酒水……

……快發瘋了……

每次填入身體裡的巨大都是冰冷得讓身體開始麻木的存在，然而被撩撥得滾燙發熱的身體，仍是能鮮明地區分那份不同的刺激與溫度，在明明變態又猥褻的動作裡成為煎熬身體的快感。

然後似乎喝完餐前酒的人，奢侈的將酒與小冰桶裡的碎冰完全混合，用手沾著冰酒、服侍性的從腳指開始仔細地舔，在每一分想用唇舌愛撫品嚐的部位抹上水酒，緩慢而刻意的……然後翻過學長的身體，讓因為冰與酒而格外顯得冰涼的手指，輕輕搔刮著顫抖著流出液體的鈴口，用學長看得到的方式，將冰涼的水酒淋在他敏感而勃起的性器上，以更緩慢更仔細更惡質的方式技巧，從根部的囊袋舔吮品嚐至尖端，一遍又一遍的反覆。

「你……夠了沒！要……要上快點上啦！」比起自己上次對學弟玩的方式很難說哪個比較過份，但可以肯定，這種緩慢把人逼向極限的方式絕對比較折磨比較惡質，再加上稍早之前已經被玩了兩次……現在抵抗力超級低下的啊……

「怎麼，我正在學習良好的用餐禮儀，細嚼慢嚥才是正確的用餐方式。」學弟那帶著舔舐溼濡聲響的低柔嗓音，從容且理所當然地回答著，加重了吸吮與舔劃的力道。

細、細嚼慢嚥？給你啃完我明天就是下不了床的枯骨了！

「嗯……」感覺那個不再說話的人澈底含住自己，配合手指把玩根部的動作上下吞吐含弄，直貫腦門的強烈刺激讓學長的眼角更顯溼潤，原本試圖說出的討價還價，變成喘息裡被愉悅與苦悶佔據的柔媚呻吟，迎合著慾望的渴求抬起輕晃著腰身。

快感漸漸強烈直至邊緣，學弟卻放開了學長渴望解放不住跳動的慾望，轉而拿起潤滑劑放鬆軟化著後穴，用手指擴張愛撫著在解放邊緣而非常敏感的肉壁，感覺跟著媚肉陣陣收縮而不住顫抖的身體，發出漸漸軟弱而恍惚的甜美音色，逐漸增加手指的同時也開始緩慢抽插。即使自己也很想要進入這具身體，光是看著表情聽著聲音就能感受到血脈賁張的刺激，但人總是想要得更多更深。

「……我、我說……」

「嗯？」

微微仰著頸子的人雙眼含著求饒的水光，在喘息裡斷斷續續的拼湊句子，學弟一邊覺得憐愛一邊覺得可愛的同時，已經緩下在後庭鬆弛的動作，吻上幾乎滴水的溼潤眼角、喘息的嫣紅唇辦，輕聲地回應著。

「……今天……我好累……」喘息著的聲音聽起來可憐兮兮，在一下下回應著、索求著的吻裡帶些甜膩的細細嗚咽。

「所以呢？」學弟沒有中斷吻，一邊靠著觸感替自己帶上保險套。

「……讓我……分期……好不好？」感覺學弟抱起自己，用和那天晚上一樣的體位、自身後緩緩進入了身體，被綑綁的身體讓那脹大的硬挺更準確而順利的直頂最深處，討價還價的求饒於是又更斷續破碎了一些。

「學長都賴帳……你不高興的說不要……我怎麼好跟你強要呢？」

感覺學弟因為被自己溫暖包裹而顯得粗重的氣息，學長神智迷離地在心裡吐槽學弟都是用騙的，一邊緩緩地收縮吞吐包覆學弟的柔韌內裡，在快感竄過背脊直抵後腦的時候，也感受到身後懷抱住的氣息又渾濁沉重了一些。

「我在……回美國之前……還你好……不好……每天、晚……上……」

然後學弟解開了束縛雙手的皮手銬，輕輕揉著被束縛發紅的皮膚，牽著學長的手、握住學長被冷落的性器輕輕套弄，頭枕在學長頸間，輕聲將略微瘖啞的聲音敲進學長的聽覺與心跳裡。

「……自己用手來一次……然後讓我射出來……今天就放過你。」

雖然是有些讓人怨恨的要求，但能夠獲得解放的誘惑戰勝了一切。學長聽話的用手上下摩擦著慾望、揉弄柔軟的底座，學弟放開手，轉而搓揉撫弄著學長胸前的紅蕊，一邊忍耐著後穴漸趨強烈的緊縮，一邊傾聽欣賞在自己懷裡的人用手尋求高潮的淫靡景象與喘吟。

「啊……啊！……啊嗯……慢……等……哈啊……」

學長迎來高潮的那刻，也是學弟理智用完的那刻……學長還沒來得及平復呼吸，猛烈頂入貫穿的刺激讓他不由得全身劇顫，一波波襲來的強烈快感隨著學弟的愛撫與親吻逼出了幾顆淚水，比往常少了點溫柔的進入，讓自己總是覺得很羞恥的聲音直接浪蕩地在房間裡響起，沉浸在快感裡即將失去思考的最後一刻，學長很高興的想著這招也許能一直都有用。

✤ ✤ ✤ ✤ ✤

雖然說是分期付款打了折扣，但是學長還是覺得自己下不了床……至少讓他選擇的話他不太想離開床。

學弟收拾著房間裡的東西，由於接下來的旅遊目標比較遠，因此照計畫這房間只到今天——學弟還記得這件事，學長則是完全忘記了。

「反正今天的時間應該都在坐車的時候被消耗，那樣的話你還可以在車上好好的補眠，下車之後想去哪玩都沒問題。」

讓他失去體力的始作俑者，體貼地如此說道，而學長發現自己居然在習慣性的無言以對中，仍舊因為這也許很利己的體貼感到一種甜甜的、覺得非常高興的情緒，於是洗過澡也換好衣服的人就這麼的靠在床邊傻笑。

「笑什麼？」學弟整好行李思索間看到伴侶笑得一臉傻氣，露出疑惑的表情。

「沒事。……對了，」笑笑迴避學弟的問題，看著地上箱子的學長想到另一件事。「小汪那箱東西怎麼辦？」

「嗚嗯……留在這裡，讓他們處理掉吧？」

「衣服沒帶走他們會翻臉喔。」

「只留下東西，帶走衣服。」

「你都說那些東西不便宜了，那可是小汪的心意耶。」

……怎麼就是有人昨天晚上求饒今天還是學不乖啊……

「那你覺得呢？」學弟心裡嘆息，索性很乾脆的把決定權交給學長。

「就整箱寄回去吧，交給旅館的人寄回去。」

「好。」學弟沒意見的答應了，心想就算學長回去沒忘記，他也打算先一步把那箱東西埋葬在家裡的最深處。

於是達成共識的兩人就前往新的蜜月地點，而一如學弟所預料的，學長回到美國之後的確是再也沒想起過那一箱東西。

✤ ✤ ✤ ✤ ✤

將近兩個月後，萬聖節，學弟很意外的看見了屬於那一箱的回憶。

學長頭上戴著那時候的黑貓耳。

「你……這個是你新買的？」學弟告訴自己應該只是長得一樣，畢竟這種工廠量產的本來就是都一樣。

「不是啊，你忘啦，這個你戴過耶！怎樣，有沒有可愛啊？」學長一臉痞笑，看學弟努力思考回憶過去的環節。

「這不是應該封在箱子裡？」

「因為太可愛了所以我那時候啊，第二天就把它壓到自己行李箱的箱底。欸欸欸，你還沒回答我感想。」

「今天是萬聖節，鬼怪的日子應該走驚悚恐怖路線而不是可愛風吧？」

「你在說什麼，既然鬼怪的日子只要扮的不是人一切OK，今天我就是扮貓妖啦！幹嘛，學弟你臉上意見很多。」

「不好意思喔。」可愛歸可愛，雖然樣子很蠢但我也是有私心的男人啊……

「哼嗯～那不然你戴！」

「為什麼換我！」

「這本來就是你的，既然你覺得我不適合有意見，那就給你戴。」

「什、我不要！」

「哎呀，你也換個造型嘛，吸血鬼伯爵你戴上貓耳朵還是威風凜凜啦！只是變成吸血鬼貓伯爵！啊哈哈哈～！戴啦！這是您的耳朵喔貓伯爵！」

學長似乎因為想到畫面而過嗨，開始跟學弟拉拉扯扯想給學弟戴上貓耳朵，正在這個時候前來參加萬聖節聚會的實驗室眾人出現了……

於是，在老闆以及民主的暴力下，今年的招待變成還是很威風凜凜的黑貓種．吸血鬼貓伯爵。

第五章 以後與以後

生活並不會全然美好，雖然這稱不上什麼殘酷的事實，但對同志們來說，這層現實感比之常人會更清晰真實。

學弟從來沒有刻意隱藏自己性向的事實，慢慢的學長也習慣不再會為此事畏首畏尾，誠如學弟偶爾諷刺那些不長眼的跟風起鬨者：我不偷、不搶，對社會有貢獻，沒任何法律上的侵權妨礙行為，你（們）管我愛的是男人還是女人？飯桶就是飯桶，只能把平凡至極拿來比較的洋洋得意，沒目標沒自主價值才只能花時間在這上面，你（們）貧乏的人生真是可憐到讓人不忍破壞啊。

學弟那種極端藐視像在看死人的、充滿殺氣的眼神，在大部分的情況下都能有效且順利的打發這類對象。

這些人，剛開始時，有時是學校的學生，結婚後，有時是校內的競爭者，甚至是巡邏警察都有可能，美國雖然自主泱泱大國世界領導兼容天下，但其實對同性戀來說是不友善的，如果連元首都曾說過要立憲禁止同性戀，關於宗教、關於文化、風氣、社會，甚至是政治，即使在法條內的許可，時常可以看見新聞播報同志遊行等等的同志活動，這些千絲萬縷的影響與所產生的現象，在美國遼闊的土地上以不同的小單位小區域上演著各種不同的故事。

或許比台灣友善的地方有，但並不是就能好得宛如天堂。

關於種族，自然也是一樣的情況，只是歷時悠久之後自然就沒有那麼嚴重，而且現實讓美國無法輕易捨棄非白人的種族，如果引起連鎖效應，確實掌握美國近半資產的非白人企業族群可以輕易動搖一個國家，更別提世界貿易的公憤和國家形象。任何問題都會有好的跟壞的結果，所以也就有能完全接受與迄今還是不接受的人們跟地方。

身為華人以及同性戀的雙重身分，即使在實驗室或是學術單位的風波很快就平息並且被接受——主要原因當然是試圖滋事的都被學弟解決，這中間還包括試圖仰賴暴力的人，崇尚英雄與力量的文化豢養出的這種行為有增無減，反過來說有技巧的以暴制暴是解決的重要藝術。

一直到這時候學長才發現學弟其實還挺擅長打架的，畢竟在學長的認知裡，只要能殺人於無形，學弟應該不會有興趣自己動手。

「愚蠢的白癡只能感受到情緒，語言道理對他們來說太高級。」

學弟如此說，言語道理則使用在別人身上。第一次發生這種暴力事件的時候，兩人才第一次見識到原來因為他們是同性戀，所以連受害都可以算是理所當然的遭受員警的差別待遇。

尊重與公平還是要自己捍衛。

後來靠著律師與媒體，輾轉讓這件事受到嚴厲的制裁，也一舉恫嚇了那些無聊又貧乏的鬧事者，而當時，住家附近的鄰居完全不知情。

附近的鄰居知道這件事是在他們結婚之後，很迅速的就被其中一部分鄰居視為奇珍異獸，畢竟之前感情雖然很好，但一時之間還是會有很奇怪或是很好奇的心理。

另外一部分的想法則跟學弟比較接近，同性戀不會傳染，不是疾病，上床的對象是私人隱私，跟鄰居之間的往來一點都沒關係，統計都說不為人知沒有公開的同性戀其實不少，那其實小孩子也不會因為這樣就受到影響，更何況這兩位均具有高教育水平、高收入，素行記錄非常良好。

雖然大部分如此，但還是有極少數的個案立刻將這一戶視為洪水猛獸，想要將兩人趕出社區，而做出將廢棄物丟棄堆積在兩人住戶門口的行為。

「怎麼辦，要告嗎？」學長拿著保全的閉錄帶，不以為然的問學弟，這種行為不過是小學生的入門程度，如此就想把人逼走實在太小看人——雖然學長也很意外在這種可以說是上層到高級的住宅社區，居然還會有這種人，要也是雇人來做才乾淨俐落。

「不，告了也沒用，還破壞和氣。」

於是學弟將有確實拍下鄰居的畫面洗成照片，雇用附近的小孩幫他投遞含有這些照片，標題為「請幫我提醒ＸＸＸ先生，別忘記垃圾。」的信件到附近的每戶每家。

由於對方幹了太過愚蠢的事，事到如今再請人到府找碴已經毫無意義，那一位ＸＸＸ先生為了不要背上黑鍋，被迫從加害人變成保護人，很多時候，流言蜚語比什麼法律制裁都有效，越是珍惜羽毛的上流階層效用就越好。

「這算是民主暴力吧？」事情發生之後的某日下午茶，學長這麼說著的想起今天早上會車時，ＸＸＸ先生的微妙表情。

「我只是拜託鄰居幫幫忙。」學弟這麼微笑的說著，送上茶點。不管他是輿論暴力還是群眾暴力，在學弟心中都不過是正當反擊，沒有做絕已經非常宅心仁厚了。

而很多事情，只要不是祕密，只要習慣了，不論如何被人使用，都無法在人心裡掀起波瀾，在後來的某些時候……也許是很多時候，這兩人顧人怨的並不是因為同性戀這個身分，而是恩恩愛愛感情很好這件事。

「你們都不吵架嗎？」

尤莉兒離開之後實驗室的女性曾經出現空窗期，後來陸陸續續又補進一些女性成員，升遷或者離開，亦或輾轉又回來，這個研究單位的成員後來一直都有老面孔留下來，尤莉兒再次回來的時候是帶著凱恩回來，凱恩是三年前應聘到教授職而離開，這次又被原單位的學校搶回來當教授，而且一搶就是一雙，連他的夫人尤莉兒一起——是的，他們兩個結婚了，看著老夫老妻恩恩愛愛的婚姻前輩，尤莉兒問了一個很經典的老夫老妻問題。

兩人沉默細細思索後，學弟回答了這個問題。

「我們常討論或溝通各式各樣的事。」而且有不少是見不得光的蠢對話。

「所以都不吵架？」實驗室的人都好奇了，於是又確認一次。

「請界定吵架的定義。」學長想了想，這麼說。

「嗯……一種非常激烈……飽含個人風格與強烈情緒……，具發洩意義的……溝通方式，可能伴隨……肢體上的衝突。」認真小心，有點遲疑的回答了。

「這樣的話，沒有。咦耶？真的耶，學弟我們都沒吵過架！從開始到現在我們都沒吵過架耶！」

真是幸福甜蜜到讓人可恨的新發現。

「就這種定義的確沒有，不吵架不是很好嗎？好好溝通就好。」

學弟笑笑的補齊大家的疑惑，看樣子還真的沒吵過架。

「說的也是，幹嘛吵架，好麻煩，我應該吵不贏學弟也打不過他，那就不能用這種方法，沒意義又吃虧啊。」

「你想用什麼方法？」微笑微笑。

「哼哼，這哪能告訴你。」得意奸笑。

這真是……

「雖然我已婚，也注意一下未婚的同事好嗎？真是夠了喔！」尤莉兒的抗議說出大家的心聲，這兩個的氣氛，實在令人嫉妒到礙眼的程度。

「好啦好啦，不過看不出來凱恩會跟妳吵架，真讓人意外。」

學長的感想引發尤莉兒的不滿。

「我都不知道我為什麼會跟這個木頭結婚！在講事情的時候都沒反應，重要的事都少根筋，還在那邊問為什麼！連我生氣都看不出來！」

凱恩吶吶的想反駁，看看在場的人，終究沒說什麼只是抓抓頭撇開視線。

「你們都不會發生這種事嗎⁉」

「唔……他會問啊，大部分的情況他都會發現，真的忘記的時候我也不會太生氣，畢竟我也會，會有情緒是難免的啦，很多時候不用我說他都會做好。」

尤莉兒的氣勢讓學長苦笑著老實回答，然後被尤莉兒用眼神點名的學弟，自然跟著苦笑老實回答。

「妳都說我個性不好，可是我心情不好的時候學長也會發現，很煩惱的時候他會偷偷幫忙不讓我知道，有時我真的很堅持某些事，他也能思考我堅持的重點，然後彼此修正。他的記性一直很好，說不記得只有沒想到或是賴皮的時候。」

聽到最後學長「啐！」了一聲，學弟則是淺淺的沒發出笑聲。

「你們……都這麼細心啊……」對凱恩來說很不可思議。

「畢竟很難得，而且好不容易才獲得家人的祝福。」學弟的微笑誠實而又溫柔。

「自己的選擇不好好對待不是太對不起自己了？與其向對方說抱歉，不再道歉比較重要，時間與機會總是比以為的要來得少。」

學長笑嘻嘻的註解點醒大家一些遺忘的重點，離婚率跟結婚率一樣高的生活，讓大家都忘記了，那些理所當然的重要細節，眼前這對可以說是排除萬難的老夫老妻，自然會比常人更加珍惜。

於是，尤莉兒難得的紅著臉跟兩人說了對不起和謝謝，跟同樣紅著臉的大木頭凱恩和好了。

而離開辦公室，雖然有些同事覺得他們恩恩愛愛感情很好很礙眼，但此時的教授跟副教授在學校其實廣受學生愛戴，兩人是出了名的上課認真又能玩，參加學校體育隊而考不過的學生也有另類的過關法，只要憑本事比贏教授或副教授就可以了，比什麼只要雙方同意都沒問題。

學校本來就會希望任課教授對參加體育比賽的學生給予通融，因此對於兩位選修課程老師的決定措施並沒有太大的異議，畢竟也不能因為是體育隊的就隨便放水。

剛開始，的確出現那種存心想蒙混過關的學生，隨著這兩位很能玩的名聲傳出——起因還是學弟答應一挑五的比酒量，因為比什麼都雙方同意，也未限制人數，就有想用這種小聰明過關的合作團體帶了烈酒來實驗室……面對擅長喝烈酒的海量學弟，只能說學生選錯對象。不過大白天就在學校中庭，大庭廣眾下，跟學生拼酒放倒學生的教授想不出名也很難，雖然事後學弟立刻被叫到理事長室進行短暫的會談，不過此後再也不會有人挑戰海量教授的酒量。

當然，愛整人的學長也玩的非常盡興，覺得學長比較好對付的自然也沒好下場。

自此之後沒真本事就想過關的人數就銳減，到最後，這也就成為一項被建議不要使用的傳統，反倒是箇中愛好的學生常來切磋或拉贊助。

在女學生之中，兩位教授的人氣也沒有因為是同性戀而下降，反而因為兩人感情太好而招來一些閒雜人等的女性，算是不明原因的生活小麻煩。

另一種意外則是，學弟的好廚藝不知怎麼的在全校師生中傳開，讓他後來命令實驗室的研究生把這些人一律拒於門外——一個是因為很煩，另一個是因為這樣實驗室很不像樣，最後一個，當然是剛開始覺得有趣的學長後來吃醋了。

就算知道事實，但是天天看著學弟被不同女人包圍跟隨，學長終究還是受不了。

於是後來的情況換成學弟私底下偷偷笑——因為前來求問的轉而以非常客氣有節制的方式，拜託學長幫忙，弄到後來學校問學弟有沒有興趣開個教學班，這個自然是堅定的拒絕了，又過了一陣子，這種不知道怎麼開始的一窩蜂求教熱潮才消退，讓兩人著實鬆了口氣，當然他們麾下的研究生也跟著鬆一口氣。

每年每年，研究室裡的研究生來來去去，大學部的跑實驗室做專題，當初只是研究室單位的研究小組，變成很多單位綜合而成的研究中心，生活很簡單也很平靜。逢年過節暑假寒假回台灣，與家人之間的感情漸趨自然，中間的小小遺憾則是學長的爺爺奶奶過世了，先是爺爺，後來是奶奶，兩位老人家都走得很平靜，只是爺爺走得突然沒能見到最後一面。兩位老人家在身後，留下了指明的遺物給這兩位，說是指明，卻又沒說清楚是兩個之中的哪一個。

學長的二哥送到美國給兩人的遺物，是兩個盒子，還有兩位老人家留下來的信件。

「這個……」學弟打開的第一個盒子是爺爺的煙斗，雖然猜得到，但真的看到東西還是很意外，而爺爺的留言相當簡單。

……這是陪伴我相當久的朋友，不管我心情好或不好，有沒有跟你奶奶吵架，家裡缺不缺錢……我都沒有賣掉它，說起來它也是個值錢的古董。我把這個留給你，抽不抽用不用是其次，請好好照顧它，每天花點時間擦擦它摸摸它，你要對著它罵我這瘋老頭也沒關係，但沒好好對待它我可要從上面下來找你了。很多時候只要安靜一根煙的時間好好想想，沒有過不去的坎，不管是哪種選擇，都要幸福快樂。

「從上面下來？爺爺還真有信心。」明明學弟看到內容就是很高興，不過嘴上不老實這件事大家也習慣了。

「不愧是我家的爺爺。」這東西沒有給爸爸沒有給哥哥。雖然爺爺總是瀟灑的樣子，但果然還是被擔心了，所以才特地把這東西留給自己跟學弟。

想必奶奶的也一樣吧？

奶奶的盒子比較精工漂亮，一整個檀木製成的螺鈿盒子迄今還散放著淡淡香氣，打開一看是個首飾盒，奶奶生前總是懸在腕上的玉鐲子，幾件保存很久的金座子翡翠飾品，用小絨布細細包著的珍珠，寶石戒指。

奶奶的信也短，看得讓人哭笑不得。

往昔家裡的女眷出嫁，或是娶進媳婦，長輩都會餽贈自己收藏或配戴過的飾品，為了分享幸福喜氣，也象徵著傳統與傳承，雖然現在很少人這麼做，也沒人記得原因了吧……奶奶年紀大了一直搞不清楚這該怎麼送，你們兩個就好好討論討論決定一下，這盒子裡的東西交給你們，好好珍惜，將來，當家裡有嫁娶的時候，幫奶奶說句喜氣話好好的送出去。

兩位老人家的遺言都很不像遺言，但對兩人來說，卻有著非凡的價值，看似瑣碎的話卻有近乎永恆的意義，更重要的，兩位老人家連閉上眼後都不忘下欺負打趣這兩人的機會，讓人在溫馨之餘想感傷都沒辦法。

二哥看著兩人的苦笑又看了信，一樣也是笑。

「爺爺奶奶最討厭哭哭啼啼，一直叮嚀千萬別哭也別找人來哭，他們怕吵受不了，顯然就怕你們哭啊。」

「真是太小看我們了，」學弟說著把信籤折好收進盒子裡，好像很真誠的笑著拍了拍二哥的肩膀，「二哥你也要加油啊！」

「我加油什麼？」

「你家只有兩個兒子，努力生個女兒吧！」

「幹嘛？奶奶寫的是嫁娶，我家兒子娶媳婦的時候你一樣可以送，不用女兒也可以。」

「你家兒子未來的另一半不管是男是女都注定會被人拐跑，還是女兒好，比較保值啊！」

「聽你在放屁!!不要早早就詛咒我！我一定會為他找到一個乖媳婦的!!」

「幸福最重要，幸福最重要……」學長一直沒辦法跟自己的二哥說，因為他情緒起伏大所以學弟一直很喜歡捉弄他……日子一久學長連勸架都懶散，一個很有分寸一個學不乖……實在不用浪費這種體力。

✤ ✤ ✤ ✤ ✤

某天晚上的睡前棉被會議，學弟提出了一個，讓學長驚訝到差點失眠的提議。

「我們養小孩好不好？」

當學弟的話在學長腦中重播很多遍之後，學長才有辦法開口。

「我一直以為你討厭小孩子。」
「嗯，的確不喜歡。」
「那為什麼說想養小孩？」
「因為我們需要。」學弟緩緩抱緊睡在身旁的學長，把頭埋在學長頸窩裡，輕輕的說。「我們現在的生活很好，很平穩，很幸福，從學校到這裡，從這裡到台灣……」
「……可是？」
「我擔心我們的生活越來越封閉，隨著模式與習慣僵硬，然後在不知不覺裡狹隘而膽怯。」然後就抓不住幸福了。
「……其實我們有很多很多的朋友。」學長知道學弟想表達什麼，害怕僵化，害怕在習慣裡消失的某些事物。
「但是，那並不會確實改變我們的生活，我們需要一些……確實又無可避免的改變，一點點也好，讓其他的存在加入我們的生活。」
「這個州的法律並不允許同性戀伴侶領養小孩，你想要搬家嗎？」摸著學弟的頭髮，學長也不清楚自己是在打消對方的念頭，還是認真的討論。
「不……一開始就養那麼小的孩子我怕我會想掐死他，申請新工作搬家也需要時間，我們慢慢來吧。」
學弟的選擇是先從社工開始，作為問題青少年的輔導員，每週花二到三小時進行對談、輔導，或是帶他們參加活動重歸社會，建立價值觀與自信心。

社工是種與義工不同的、需要專業認證的工作，當學長拿到申請用的審核表，眼睛眨了好多下才確定自己沒看錯，畢竟，某人的字典裡，應該沒有義工這種主動做善事的字眼，更不可能會有社工那種以此為志業的熱血目標。

「你什麼時候有社工資格的？」

「半年前。」

「聽說這個要學分要實習……」

「嗯，系上的學生很親切喔，告訴我好多事。」從講師到學生都幫我護航啊，親切到我一把年紀都想蹺課了……

「……所以說你什麼時候實習的我怎麼不知道？」

「嗯……兩年多前，在校實習，還有離學校三條街外的那所學校……大概是這樣，我排的實習時間都是你上課的時間，所以你沒發現。」

……兩年耶學弟，是你太誇張好不好。

「那我怎麼辦？」

「就當義工囉，幫忙我就可以了。」雖然當正牌義工好像要受訓……

「你所謂的慢慢來是這個啊……」

「申請通過的話，隨時都會出現新面孔，青少年也是問題最多的時期，算是不錯的練習，反正真領養小孩我也不想養太小的……而且青少年也比較好玩。」

「還比較好玩勒，申請也不知道會不會過。」說實話，學長覺得不過的可能很大，這個機構據說出了名的保守。

「審核資料的時候要面談，擔心我們是同性戀就讓我們輔導女性，沒有更安全的選擇吧？除了我們是同性戀這點，我們完全超過申請單上出現的審核項目，但同性戀並不在書面審核的項目裡。」

「會被那些虛偽的道貌岸然者想都不想的回絕，他們不會認真聽你說。」

「反正就試試，申請是我們的權力，拒絕也是他們的權力，不管是哪種結果其實都無所謂。」

「真的沒關係？」學長聽到學弟說無所謂，總是有點擔心。

「好久沒挑戰一下現實的規則，這樣也不錯啊。」

看學弟笑得很燦爛，學長有種學弟其實是無聊到想羞辱那些一死腦筋又八股的審核委員的錯覺。

學弟大剌剌的在最後原本可以不寫的備註欄裡，寫上同性戀家庭的字眼。

✤ ✤ ✤ ✤ ✤

「沒有先例。」

審查委員之中的年長女性梳著道貌岸然的頭髮，標準又道德的過膝裙裝，再標準不過珍珠項鍊和胸針，雖然不醜但一看就知道沒人要，所以果然兩手空空沒戴戒指。

學弟邊打量邊冷笑，當教授的好處就是什麼都碰過，要考較專業儀態絕對堅固完美無可動搖。

「需要我的律師告訴你，沒有先例該怎麼做嗎？」

學弟優雅的、溫和的，非常親切謙遜的，說著威脅的話……但也許不算威脅，律師只是個有攻擊性的，可以良好輔助的法律顧問。

學長從律師那邊獲得的資料讓他們知道審核委員有誰，這一區是否缺乏社工人員，以及青少年的群組，學校裡的相關係所也可讓他們複檢更多的資料。

「我就是先例，擔心同性戀的影響，各位大可把標準放到像我們這麼高，還是各位認為一個對社會有卓越貢獻的同性戀，會比一個社會毒瘤，更加的罪無可赦應該坐上電椅？」

這是個不可以回答，不可以受到挑釁的問題。

「……我們不是這個意思，先生。」

「那麼請告訴我具體確實的理由，在明明缺乏社工的情況下仍舊拒絕的理由。」

「……你還真是兇惡。」學長將沖好的咖啡端給書桌前的學弟，看著桌上的名單結束回憶。

自從那天通過審核已經過了三天，學長設想過很多種學弟會用的方法，但沒想到會是這種「請給我明確的理由，好讓我的律師可以控告你們。」的方法，完全就是一口咬死對方沒有先例。

「玩文字遊戲太累，而且這樣對方就會有很多機會迂迴繞過你，從你的語病中抓到各種微不足道的拒絕理由，遠不如這樣來的直接有效。」

「你就不怕他們同意了卻不分發人過來？」

「負責將分發對象派給適合輔導員的社工裡，有我們學校裡的人。」

「原來如此。」學長一邊笑著一邊重新拿起名單仔細看，大概就是因為這樣裡面才會男的女的都有。「社工不是聽說一定要工作八小時以上，還要巡訪電訪？」

「啊，並不是，這按照個案的需求與輔導類型有所差異，像我這裡算定點的，讓假釋或被保釋的問題青少年接受輔導，協助追蹤，只要有鄰近對象就會過來，不過到時候得帶他們去向鄰居打招呼，免得有誤會。」

「這樣啊……學弟，如果……為了領養小孩而搬家，你想搬去哪裡？」

「去我們當初結婚的那個地方吧，雖然在某些點上研究環境差了點，但還是各有特色，這樣也不錯。」

「那還真遠啊！」學長笑著把早已變涼的咖啡塞回學弟手裡。

也許是考慮到他們是同性戀，也許是為了跟上面有個說法，第二天在下午出現的男性青少年是兩名，非常對比的黑人與白人青少年，很難說彼此在共同走進門的時候是不是就看不順眼，但顯然室內一看就跟他們不同世界的擺設讓他們拘謹，學長看見不由莞爾，學弟則是直接噗嗤的笑出來，讓兩名訪客發出兇狠不快的目光。

「都有勇氣進去又出來，這種一打就爛的擺設有什麼好怕的？」

顯然學弟這種略顯暴力的說法很容易獲得溝通，兩名青少年馬上就轉變成，隱藏著自卑尷尬的「誰在怕啊！」的表情，好像很冷靜的坐上放滿下午茶點心的餐桌。

「請用，好吃的話就全部吃完吧。以後每週來這裡不用拘謹，下週的輔導時間有為你們安排活動的話，我會在前一週告知你們。」

「活動？」一名為摩根的黑人少年聽到活動皺起眉頭，顯然對是上流階級的人所提出的活動，有了過多的想像與拒斥，但眼裡又有藏不住的厭惡與好奇。

「飛行傘，攀岩，潛水，或是去射擊訓練場來個射擊練習，想看球賽也可以好好討論。」

「有錢人真好，哪有那麼多錢？難不成老頭你要買單？」另一位少年名為頓恩，多次竊盜前科。

「也可以啊，如果你們好好配合的話，首先，不要叫我老頭，我小子小子小鬼小鬼的叫你也不愉快吧？」

「哼！」撇開頭。

「真高興我們取得共識，」學弟看了一眼偷笑的摩根，用眼神拜託他收斂一點。「在你們來之前，應該有人告訴你們我的資料對吧？」

兩位少年以沉默代替回答。

「所以想必也有人特地告訴你們我是同性戀對吧？」

這次兩個少年的表情開始僵硬了。

「那麼我來介紹一下這一位，這位是我的伴侶，在未來的輔導時間裡，他都會跟著我一起出現，你們可以稱呼他教授，」學弟拿出兩張紙卡推到少年們的面前，「這是我們的聯絡方式，有問題需要幫助的時候可以聯絡我們。」

「我有問題，為什麼叫他教授？」顯然摩根對此有意見。

「附議，為什麼叫我教授？」

學長也有意見顯然讓摩根與頓恩有些意外。

「可以叫我副教授啊。」微笑。

「……你弄錯重點了。」學長挑挑眉。

「好吧，首先，我不想把你們當成輔導的對象，你們可以當我們兩個的學生，也可以當朋友，華人的名字對你們而言可能不太順口，稱呼教授或副教授對你們而言比較容易，尤其我們是同性戀，稱呼名字對你們而言會比較難吧？」學弟微笑著看向，少年們臉上清清楚楚的出現「沒錯」兩個字。「第二點嘛……被學生叫習慣了；第三，你們可以拿出去炫耀或是虛榮一下。」

「……炫耀？」

「從今天開始你們可以自稱是教授的學生，而你們的確也是，我們教給你們的可能不會是學校裡的東西，但你們的確是我們的學生，當然，想唸書的話可以教你們，雖然這點對你們往昔的同伴來說可能不夠酷。」

「當然，誰稀罕!!」

「不，你們很在意，承認這個沒什麼好羞恥，很多人使用很多方法去滿足自己的自尊或虛榮心，金錢名聲或者權力，只是你們做得不夠好，所以現在在這裡。」

……剛剛某個有照輔導員是不是做出什麼問題發言？

「你們那是什麼表情，大部分的人循規蹈矩不是因為善良，而是因為他們沒有作奸犯科的天分也沒有破壞規則的勇氣，失敗需要付出的代價也是重點，當然，很多人會說這叫愚蠢的衝動而不叫勇氣。不過呢，當個一般所謂的好人好公民只是因為那比較容易，在很多情況下平凡本身是種無奈。所以你們兩個才會覺得這種鋌而走險的不一樣很酷，同伴也會覺得你們敢做很了不起，還能獲得額外的收入，想要有錢很有面子本身也是重要的動機，但這種東西要見好就收，你們以為當個壞人那麼容易？」

學弟大部分的說法並沒有錯，平凡與貧窮本身會讓人脫節自卑，如果沒有特殊專長或者專長本身不被認同，難免產生這種帶有復仇色彩的行為。

由於說詞裡有把人當笨蛋的感覺，沉默頓時變成帶有憤恨與叛逆的不甘心，心裡一部分認同明白卻又不高興。

「自己也不過是這種人，沒天分的笨蛋。」

摩根這麼說，換來學長噗嗤的笑出聲……雖然是險惡的氣氛，但這種反應很有趣，再來嘛……

「誰跟你們一樣，我不做那麼低層次的東西，不過像你們這麼大的時候我的確幹過不少啦，但我可不像你們那樣笨的被抓到。」

「什、」要不是不可以打輔導員，真想來一拳……頓恩看著相形安分的摩根，邊想邊壓抑自己。

「嗯？真的？你都沒說！」學長的大發現！

「？我以為你應該猜出來了，不然剛到這裡被學生動私刑的時候哪會沒事，裡面有幾個是體育隊的，那不是普通的耐打，是非常耐打！」

聽到動私刑，兩個少年眼睛發亮，學長則是因為內容而非常驚訝。

「你那時候都沒什麼掛彩，體育隊也沒人被退隊，我還以為……」

「鬧大的話參與私刑的騷動可能會擴大，驚動到學校對兩方都不好，那時候我使用了麻醉針劑並且確實攻擊關節，他們也很明白不收手好好調養的話，這輩子就別想上場跟人一較長短，其他的就算拿棍棒也不成威脅。」

「……所以你只放過體育隊的？」

「我有戴手套，反正被撂倒就是技不如人，一個月左右的骨折傷勢算小意思吧？」

一、一個月⁉

相較於學長的驚訝，學弟指著眼前的兩個少年。

「你問他們，群毆的時候，這種傷都是小意思，鬥毆的時候很容易失手，更重的傷也不是沒有。」

由於很難看出眼前的副教授居然這麼兇狠，有點呆滯的少年呆呆點頭。

「你啊……」你學長我雖然天資聰穎，但我真的知道還是很無力……

「你真的被動私刑？」摩根非常質疑。

「我動過私刑，」學弟轉頭看向今天多次受到驚嚇的學長。「我碩一時系籃跟系學會的事，總該有聽說吧？」

「……我以為那個系學會會長聚賭要求做球是笑話。」在很多年後八卦倒是變成黑幕了啊……

「摩根，你的判斷是不是告訴你不可以跟我動手？」學弟總是笑笑的臉，現在讓眼前兩個少年格外有壓力，「相比之下你比這一位來得強。我是有段者，如果只憑蠻力對我沒多大用處，有機會的話切磋也無妨。然後今天剩下的時間，我們來聊聊你們過去的豐功偉業，好好檢討一下到底哪裡需要進步。」

在剛開始的時候他們負責的是兩名少年，以及才剛結束吸毒勒戒且有援交紀錄的少女辛西亞，全員皆為輟學生，且由於辛西亞的家庭有家暴紀錄，學弟為辛西亞找了尤莉兒那一對作為寄養家庭，雖然實際上辛西亞是兩頭住。

對於認真跟他們討論各種犯罪行為的優雅副教授，小朋友們並不是沒有任何疑惑，然而學弟的回答還是很個人風格。

如果你們瞭解犯罪是件麻煩，而且認為不划算自己又沒本事決定放棄的話，那我自然是輔導成功；反過來說，如果你們青出於藍精益求精，成為包裝良好的優秀犯罪者，那我也是輔導成功，因為你們想必不會再失手受到處罰或接受輔導，如果真的又失敗，我也沒辦法輔導你們了，但我會記得去監獄探望你們。

被人如此直截了當的慫恿犯罪分析犯罪，三人反倒一點精益求精的動力都沒有，很顯然在犯罪教學講座旁聽的教授，都比他們高上不只一個層次。

「同樣都是搶，要搶就去搶銀行啦！最少也要搶當日進出現金比較多的店家，搶路人還不知道有沒有多不方便。」

以上的問題發言來自教授大人，至於搶來的錢要怎麼處理……

「洗掉就好，你們知不知道全世界有多少黑錢每天被漂的白閃閃？每天都有超乎你們想像的金錢黑了被洗洗了被黑，誰會等他十幾二十年法律失效？紙鈔很容易貶值的！」

果然只要說到錢學長精神就來了。

重建物質觀念也是輔導範圍之一，但對有一餐沒一餐卻又金錢慾望高的人來說，觀念和道德都沒有任何意義，反過來說，手上有錢而且來源安穩，十之八九都不會願意鋌而走險。

「有沒有興趣學學非常刺激、收入暴入暴出、有點靠運氣能海賺也能海賠的賺錢方式啊？」

學長這麼說，笑容簡直像廉價推銷員，學學不要錢，對他們來說能一窺有錢人的賺錢方式是很有吸引力的。

對於從沒看過真正大錢的他們是無法想像財富的巨大的，站在金融世界裡，無法理解的數字和資訊在眼前難以想像的飛快奔馳，小數點前與小數點後的數字是錢，閃動的各色光芒是錢，錢以看得見卻又看不見的型態從他們眼前急馳而過。

最讓他們眼紅的，是真的什麼也沒帶的兩位大人，在半天時間裡真的不花一毛錢的獲得，他們即使努力打工努力行搶也很難獲得的金額，重點是這個完全合法，而且看起來非常輕鬆。

「要學這個要花點腦力，要多學點東西，可能要念點書喔！」

學長以遺憾的表情如此提醒他們，雖然唸書使他們瞬間有些卻步，但錢的誘惑實在太過強大，所以一個個還是點了頭。

於是每週的講座課題改成教授的金融速成講座，剛開始當然不可能說很難的東西，說故事，說新聞的案例，藉由簡單的分析讓他們理解一些很基本的概念與知識，例如不帶一毛錢的信用資產與世界上許多只有數字的財富，簡單的法規與交易手續。

如此不斷反覆，舊的故事也會有新的發現，固定收入的穩定工作也被賦予了不同的意義，半年多過去，現在再問他們要不要去搶劫偷竊械鬥滋事，一個個全都搖頭傻笑。

學長覺得應該還可以之後替他們開了戶頭，讓他們各自選擇想初次挑戰的項目，給他們一個預算上限幫他們出資，時限是四個月，他們得歸還當初的本錢，多的當然就是個人收入，不過失敗也沒關係。

對於輕鬆把匯進他們戶頭的輔導員和教授，年少組拿著存摺的手在顫抖，存款與存摺對他們來說曾是遙不可及的夢想，現在卻拿在手上，失敗也不用還的金錢，讓他們問不出如果只是花完卻拿失敗應付了事怎麼辦之類的問題。

人都是有自尊也是有驕傲的，不管對於現實是相信還是半信半疑。

三個人最終照各自的方式達成各自的目標，第一名是辛西亞。

「好膽識與好判斷等於物超所值的報酬，你說是不是，頓恩？」學長在一人一晚就要兩萬台幣的滑雪山莊的餐廳餐桌上，這麼笑著問頓恩。從開始就被學弟打上沉不住氣標籤的頓恩，是三人中的最後一名，扣掉手續費等等之後很勉強的不算賠，而來此的旅遊資金當然是學長學弟出，當初說要收回的本金他們並沒有收回，連提都不提。

至於滑雪山莊的旅遊則是課題完成的慶祝，見多識廣也是培養自信的一部分，反過來說，見識了很多很多的錢後，用錢堆砌出的東西對他們已經不會造成太大的反動。雖然沒見過的驚奇還是讓他們有自卑感，但他們知道這會慢慢變好。

在輔導期滿的那一天，三個人將各自的本金放在兩人面前，學長學弟看著他們露出了微笑，交換擁抱，祝福他們畢業成功。

摩根很意外原來這筆錢也在評估項目裡，他歸還這筆錢是為了感謝以及尊嚴，而且這本來就是當初說好的。

「不，那是真的要給你們的，短期間你們會有需要的可能。不過是否歸還，是我們的私下評估的項目，摩根，這不在回報單位的資料裡。」事實上我們還拿你們打了賭，學弟心裡想到實驗室跟著打賭的那群人，算算大概賺翻了吧。

「為什麼？」頓恩問出了問題。

「拒絕必要、或是需要以外的物質與誘惑，是成功的條件，不管做什麼事都一樣，唾手可得的東西無所不在，然而有勇氣拒絕這些，的確拿了也不會怎麼樣的小東西，才會有抓住大東西的膽識魄力與判斷力。當然，準確評估自身的狀況也很重要。」

由於副教授笑得太開心，開心到……帶有過去一年他們逐漸熟悉的壞心眼？於是他們轉頭看向一旁的教授。

「我們打賭……我以為你們會還一半，然後工作穩定之後再還另一半。哎，什麼表情，到處都有人打賭這沒什麼啦啊哈哈……」

是的，我想我們早該習慣你們兩個的不良還有感情很好這件事……有淡淡感傷的我們真是太天真了。

這之後，摩根、頓恩還有辛西亞他們彼此間還是時常聯絡，也不時回來拜訪兩人，在他們接受輔導的途中，他們那些因為好奇而來的同伴，在他們畢業後還是有陸續的前來學習，在被抓到以前學會了遊戲規則內的生存方法，因此之故多了很多輔導目標以外的朋友，雖然花費很多時間才改進他們少根筋的不正確拜訪方式，但從他們那裡也確實獲得不少有趣有用的資訊。

其中也有發憤圖強重新唸書，最後考上兩人那所學校的被輔導人，很興奮的跑來告知大家慶祝之後，惡德教授二人組還特地拍拍肩膀恐嚇新生小心被當——此時的學弟已經升上教授，但在這群年輕的拜訪者前他仍舊是副教授，對他而言叫什麼從來不重要。

✤ ✤ ✤ ✤ ✤

「爸！你們在找什麼!?」

高頭大馬的褐髮男子在看到一邊打開的東西後大驚失色，雖然很想搶，但已經被眼明手快的兩個不良老人收好好。

「哎呀兒子，怎麼，身體不舒服？」

……。

「你們什麼時候留著這種東西的？」

「嗯，大概是你來我們家的那天，我們就開始留了。艾倫，你不知道的那些我們花～～了好多功夫，別擔心，你妹妹弟弟也有。」

「父親，我沒有擔心這個，我想說的是……」

「爸～～！我回來了！好久不見！看到你們健康真好！」

「歐琳，歡迎回來！」

熱烈的來個歡迎回家的抱抱，回家的小女兒發現了爸爸們手上的東西。

「爸，你們是找這個所以花這麼多時間嗎？麗沙說你們進來很久，哥哥也進來就沒出去，這是相簿嗎？」

老人家聽了眉開眼笑隨便翻開一頁獻寶，「你看，很有趣對不對⁉你哥小時候喔，你也有，我們都翻出來了。」

「咦咦～～⁉真的嗎⁉我要看我要看！哎呀好丟臉！可是好有趣！爸你們真是的到底怎麼做到的啊！怎麼我們都沒發現！」

「開玩笑，怎麼可以被你們發現呢⁉」

哈哈哈哈哈哈哈……

「……歐琳，你都不會覺得很丟臉想銷毀掉？」

「艾倫你在說什麼，這麼難得的回憶當然要收好，自己還可以拿出來笑一笑啊！你不要那我幫你收！嘻嘻～我現在就拿去給麗沙看！」

「拜託不要！慢著！」

聽到要把這種東西拿給小孩老婆看，沒攔到的艾倫驚慌失措的追出去。

EMERALD WEDDING是指綠寶石婚紀念日，結婚後的第55個結婚紀念日的名字，兩個老人當然就是學長跟學弟，今天是他們的結婚紀念日，往昔的朋友自各地遠道而來，前來他們位在荷蘭的寓所祝賀慶祝。

他們前往荷蘭是在當輔導員之後的第五年，這中間他們做好各種各樣的移民準備，學習荷語，申請當地研究單位與學校的教職與工作。當他們準備好，除了繼續輔導已經在手上的個案，他們就不再接受新的輔導對象，同時也告知往昔的受輔導人，他們即將離開這個國家。

對受輔導人來說，這也不是非常意外的事，他們在與兩人相處後自然有較多的機會，明白社會的不友善還有現實中的不完美。以往的別離還可以再回來，但這次也許真的是離別，不會再見面了。

於是五年間從這裡重新起步，獲得回憶與自信的人們為這兩位舉行了歡送會，所有人都一個不落的到齊了，讓學長學弟很認真的懷疑他們，究竟有沒有好好工作好好認真過日子。

「請記得買大一點的大房子，我們會賺錢包機過去看你們！」屬於外掛人員的賀帕紐認真無比的說，換來旁邊大片的附議與口哨吆喝聲。

「那真是個好目標啊。」那我們會記得換棟城堡等你們來。

學長學弟微笑著這麼說，對他們而言重點不是會不會真的換成大房子，讓他們微笑的是能說出這種話的想法與也許能達成的能力，若是以前，這種話說出口只會遭到嘲笑，如今，這是個能讓人溫柔微笑的夢想，最不濟還可以期待來回機票。

社工們也對兩人依依不捨，在兩人臨時接手的短期輔導中，其實也包括許多游離社會邊緣的同性戀青少年，在很難判斷是否恰當的情況下將個案交給兩人，學長學弟也在不會為自己帶來麻煩的能力範圍內，以可以稱之為相當完美的方法給予支援與輔導，解決了不少麻煩，同時也漸漸解除對於這塊曖昧區域隔閡，這樣的同事要離開，當然很捨不得，這點即使是曾經老虎嘴上拔毛敢挑戰學弟的人都一樣，其實他們很喜歡這兩個人。

而學長也讓他們見識到，平常比較好溝通比較好妥協的對象，戰力也很驚人……所謂的低調處理不代表效力也低調。

笑著揮手說再見，比較乾脆的是研究室的人們，今天說再見，難保半個月後就能在研討會上碰面，在世界飛來飛去的教授們，已經很習慣在說看到你真好的同時說再見。

在荷蘭，一切又像是個新開始，認識街道，帶著地圖探險，尋找應該用不到的公車站，對學弟來說很重要的市場，花市，二手家具店，樂器行，古董店，電器行水電行，在廣場的露天咖啡座看鴿子一片飛起又一片降落，卻又在小巷子裡意外發現另一家有趣的咖啡店或茶館。

於是左鄰右舍也知道了他們新來的鄰居，在受邀前來參加的小小新居茶會上知道主人的料理手藝很好，即將在這附近的有名大學裡當教授。

學弟花兩年時間讓附近鄰居知道並且接受他們是同性戀，適應磨合的過程平緩順利的過去，學長在學弟身邊的日子，也深刻明白「抓住一個人的心就要先抓住一個人的胃」這句話有多真實，包含自己在內，學弟那一手好廚藝究竟征服多少人真是難以計算，反過來說打著「學習傳統料理的作法」前去拜訪交流、詢問食材的使用，在鄰居眼裡是好奇的外國人很正常的行為，由此增加許多交流與認識的機會，而學弟那些青出於藍的作品，也是讓人萌發教學慾望的主要原因。

在第三年年末的時候，他們申請領養的許可通過，凡事皆有因果、好心有好報……這種話是說給人家聽的，在學長眼裡學弟只有令人無言以對的老謀深算——過去在美國所累積的社工資歷，在申請時發揮了巨大效果，通過審核的速度相當快速，當然這也與他們希望領養的年齡範圍有關，不太小的孩子選擇比較多。

褐髮綠眸的艾倫是來到這個家的第一個孩子，由於艾倫出生時沒有明確的報過戶口，所以也不知道當初究竟是八歲九歲還是十歲。在艾倫的記憶裡，那天的院長跟兩個黑髮黑眼的外國人對話，不時發出開朗的笑聲，發現艾倫來，笑著跟他說，你有家可以回去了。

默默的點頭，兩個外國人用好聽的聲音跟院長說再見就牽著他的手離開，育幼院裡在冬天一直不太溫暖，但至少沒外面那麼冷，較高的外國人在拉住他手的時候皺了皺眉頭，但沒放開，跟另一個人不知道說了什麼後，艾倫發現自己忽然間被人抱了起來，被很長的圍巾捲了一層又一層。

「你記得自己的生日嗎？」

艾倫有點驚慌，但還是乖乖回答。

「我不知道真正的生日，育幼院裡的孩子大都沒有真正的生日，但院長說我是這個月來到院裡的，所以，以前我是這個月過生日。」

抱著他的男人沉默了一下。

「生日不只要有月還要有日期，你想要哪一天？今天好嗎？」

「先生，您決定就好。」

「院長說你叫艾倫？」

「是的。」

「艾倫，決定一個自己想要的生日很困難嗎？當你決定了一個這樣的日子，它會成為特別的一天。我們會為你慶祝，最為任性的行為在這天也會被原諒，它會成為能讓你有所期盼的日期，就像所有重要的節日一樣，只是在那一天，你是我們唯一的對象。」

「……先生，我不知道……我不太明白……」

「好吧，奸詐的小子，如果你不要今天，那這個月你會得到兩次大餐與慶祝的機會，你真是太精打細算了。」

艾倫聽到這種說法馬上滿臉慌張為難。

「不……先生……我……我沒有……」

一旁的另一位男子輕輕笑出聲，院長剛剛說是「他們」，所以這位也是他的家人……艾倫現在才發現，兩人的表情自始自終都在笑，笑得很柔和也很溫暖。

「不要緊張，我們知道你沒有。」另一個男人的聲音比較高，聽起來明亮又友善。「他剛剛只是一時覺得好玩……不過艾倫？」

男人打開車門，然後抱著自己的人把自己放進後座，而兩個人則坐進前座。

「是？」

「從今天開始，你可以自己決定很多事，你可以決定想吃什麼，想去什麼地方，想買什麼東西，然後把這些要求告訴我們跟我們商量，你可以做到部分你想做而你又有能力做到的事情，像是布置你的房間，要求每天飯後多一客甜點，買主機打電動，出去露營，這些都可以。」

熱著車子，暖氣比育幼院裡要溫暖許多。

「都可以嗎？」

「是。」

「包括我的生日？」

「沒錯，雖然一般是不行啦，不過機會難得，你選個自己喜歡的吧？」剛剛幫忙開車門的男人，從前座回頭朝他擠眉弄眼。

艾倫笑了，他明白所謂的機會難得是什麼意思，他覺得他會喜歡這兩個家人。

「嗯！可是先生……我可以再想想嗎？」

「當然可以，不過從今天開始，你得習慣著不要用『先生』稱呼我們。然後，我們得先去買衣服，你看起來好冷。」

等艾倫被很多很多東西包圍得暈頭轉向抵達家門口時，他才知道這兩個不是叔叔不是哥哥也不是舅舅，他所來到的家庭不會出現母親，但有兩個父親。

「艾倫，你那時候都沒有覺得奇怪？」學弟把水果交給認命回來幫忙的艾倫，這麼問他。

「我覺得非常奇怪，不過在育幼院多少也看過類似的事，只是到那時候才明白以前看到的東西，最可惡的你們一點提示也不給!!而且真的留我一個人苦惱該叫你們什麼!!」

「有什麼關係呢，」發現兒子有點激動的學長走回來，從盤子裡攔截了一塊水果。「自己去發現，自己決定，這很重要啊，那是你離開育幼院後第一次能決定的第二件事。」

「……第一件事是？」艾倫有點疑惑。

「才剛聊過就忘記，你的生日啦！」學弟敲敲艾倫的頭，然後被旁邊的頓恩和辛西亞等一票人搶走他的準備工作，把父子三人推到旁邊。「那是多少不知世事疾苦的小孩子的夢想，不論如何，那對你來說是個重要的回憶吧？」

「……我花好一段時間才確定你說當教授不是說好玩的，我剛開始怎麼都覺得家裡的廚房裡應該有大廚師，你又跟我說都是你做的，然後我又想成你是很有錢很有錢的廚師。」

剛好聽到的小婷阿姨呵呵的笑，讓艾倫有些不好意思。

「沒關係，我可是從你只有這麼大，」用手比個高度，「看你長到這麼高的呀，有你婆婆的鍛鍊，你爸爸的手藝當然好。」

「沒錯沒錯！害我們好不容易想說能去豪華餐廳吃飯，居然還覺得不夠好吃！真是氣死人了！」

法蒂雅用著懷念卻又氣又好笑的溫柔表情，邊回憶邊向旁邊的人求證，艾倫記得法蒂雅是父親們以前輔導過的對象，今天很多客人都是像法蒂雅這樣，只是他們當初的模樣，已經在艾倫的記憶裡模糊，如今每個都隨和溫柔，舉手投足有著教養與雅致。

「艾倫，好久不見！」

「萊伊！好久不見！你跟爸他們打過招呼了嗎？」艾倫跟弟弟交換久別之後的擁抱，又開始四處張望。「你們家的那位呢？」

「……他……看到人這麼多不好意思，還在車上吧？」

艾倫看見弟弟也跟著不好意思的表情，笑著拍拍他肩膀。

「拜託他來幫忙麗沙，跟他說我好可憐所以請求支援。」

「嗯好，那我去拐他來，你家的小朋友呢？」萊伊不斷的張望尋找，只是不管大人小孩都一樣多人，很難找到。

「我想……應該在那裡，」艾倫指了個方向，那裡也是有一群人聚集的地方。「看到這麼多小瘋子跑來跑去，會想起小時候哪。」

「呵呵呵……嗯的確有一點，小瘋子還是爸他們用的形容詞。」

小孩子進駐這個家的順序是艾倫先，一年後他們再次領養萊伊，登記年齡比艾倫小兩歲，最後則是歐琳，一樣是間隔一年，五歲，丟棄歐琳的父母有把登記卡留在嬰兒旁邊，所以她也是唯一一位生日年齡均明確的孩子。而他們三個都不是就讀離住家近的學校，而是就讀學長學弟就職大學附近的學校。

理由很簡單，首先，住家附近的學校嚴格來說屬於教區學校，無法預測小孩子進去之後會發生什麼事，而學校附近的則不是；第二，在他們領養艾倫之前，他們已經在那所學校當社工以及義工超過兩年，學校大大小小的孩子與教職員都認識他們，簡單來說就是關係良好。

雖然不能期望孩子們進去會有高年級的罩，但至少不會被欺負……學長學弟知道很多傷害並不是受害者想開了就不是傷害，對孩子來說更是如此，即使理由對大人來說非常微不足道。

他們在被人崇拜有兩位很棒的父親的同時，也會被質疑為什麼你們沒有母親。

艾倫還好，他知道他曾經連父親都沒有，對他來說有沒有母親一點都不重要，母親一樣可能會虐待你或拋棄你，而如果溫柔能幹會照顧你會做點心是擁有一個母親的好處，那他已經擁有這些平凡而珍貴的事物，甚至還要更好，晚上的故事，被抱在懷裡勸他說你可以哭泣的溫柔聲音，艾倫知道就算是眼前跟他炫耀母親的同學都沒有，育幼院的歷練讓他清楚看見那純粹的寂寞，艾倫甚至有點同情這些同學。

萊伊則無法忍受這種挑釁，他會辯駁回去說自己家的更好：高學歷高收入有錢房子大花園大有貓有狗，連做菜都沒問題。你說小孩子不懂這些，其實他們記得非常清楚，因為很單純，所以更懂得如何去傷害人。

歐琳比較好，等她進學校時兩個哥哥都是風雲人物，有哥哥照顧的歐琳根本沒想過這問題。

所以在那時，萊伊常打架，但他也總是很心機的讓他被打的時候都「剛好」被老師看見，他打人的時候都不被發現，因此他在老師們面前，也始終維持著跟哥哥艾倫一樣的信譽，因為他們都是功課好體育好，在老師面前有禮貌的孩子。不同的是艾倫喜歡唸書，萊伊則是不服輸——而自從他開始打架後這層表皮格外重要。

在小學裡當社工的兩位父親當然知道發生什麼事，萊伊的心機自然也是看得清清楚楚，但他們並沒有管，對於偶爾帶著傷回來的萊伊以及想幫他掩飾的艾倫，都未曾說過什麼責備或質問的話。

「贏了嗎？覺得痛快嗎？覺得快樂嗎？你的希望是什麼呢？」

很溫柔的聲音，低沉的，帶著微笑，蹲得跟自己一般高，萊伊還記得自己只回答贏了，卻不知道贏了之後又如何，也不知道怎麼回答之後的答案。

「如果我們詢問，是因為我們看見你的傷所以很擔心；如果你請求我們的協助，我們會提供你合理的幫助；請記住我們的擔心，我們會尊重你的決定，因為那是你的同學，所以你有絕對的權力選擇你跟他們之間的關係。」

「即使我以後一直跟人打架？」

兩位父親認真思索了一下。

「如果你是認真的這麼決定，那我們會努力裝作沒看到……不過你手腳要乾淨點，別被老師抓到，這樣我們就沒辦法假裝看不見。」

萊伊聽到父親這種，像是商量做壞事的口氣不由得「嘻嘻～」的發出笑聲，看得一旁的艾倫一陣暈眩。

「不過如果你真的要這麼做，請答應我們一件事。」

「什麼事？」

「你不能輸，而且不能給艾倫添麻煩，只要輸一次，或是給艾倫帶來麻煩，你就得放棄你的作法，如果你決定這麼做的話。」

「如果我決定這麼做的話。」萊伊點點頭。

「很好。啊，然後提醒你一件事。」

「是？」

「如果我太擔心你，可能會因為無法專心而做不好點心，真是糟糕啊！」

「咦～!!那、那就用買的嘛！」

「我好窮耶！」

「騙人～～～!!」

「啊哈哈哈哈～～～！」

「……結果你到底怎麼解決的啊？後來你們那群好得不得了。」

「欸？艾倫你不知道啊，我一直以為你知道只是沒告訴爸。」

「爸都勒令我不許管了，怎麼可能知道。」

「唔、好狠心，居然叫哥哥捨棄弟弟，不過既然都捨棄我了就沒什麼好講啦！」

「誰捨棄你！說啦，都這麼久，說啦！」

「哎，都這麼久有什麼好說，不說。」

嚴格來說有繼承到父親們賊笑的只有萊伊而已，所以當萊伊賊笑著說「不說」的時候，艾倫還真是一點辦法都沒有。

「嘖……喔？你家的那個自己出現勒，你還沒叫他吧？」

「聊天聊到我都忘了，還有不要那個那個的叫，他叫丹尼爾。」

「是，不好意思。」

「……艾倫，曾經，我很喜歡很喜歡你的。」萊伊是三個孩子中唯一的同性戀，對他而言，脾氣很好又溫柔的哥哥是曾經的初戀，不同的在於他有可以討論的對象，所以雖然過程很難過，看著眼前熱鬧的一片景象，他還是很高興他做了這樣的決定。

「嗯？我知道啊，你現在還是很喜歡我這個哥哥。」

「我很喜歡麗沙。」

「我也很喜歡丹尼爾啊。」

「……哥，你說喜歡丹尼爾我不能當作沒聽見。」

「善妒的男人比善妒的女人更醜陋讓人厭惡喔。」

「不要提醒我！……不過麗沙真的很厲害，他父母那邊還好嗎？」

「都很好，只是去年冬天他父親心肌梗塞過世了。」

艾倫結婚的時候也發生小小的風波，麗沙在交往的過程中就知道艾倫家裡的事，雖然很驚訝，但並沒有到討厭的程度，最後甚至還能說出「爸爸們比較帥！」的發言，感情之好可見一斑，還讓艾倫吃味低落了一下。

麗沙相信自己的選擇，被父親們訓練有素的艾倫，當然是能附上保證書的好男人，只是麗沙的父母在知道事實後，不能接受將女兒嫁入這樣的家庭，還試圖將前來拜訪的艾倫趕出去，氣得麗沙說她再也不要回來了。

這當然是氣話，不過麗沙是有想過先結婚讓事實發生，然後再慢慢取得諒解，不過學長學弟還是想辦法讓麗沙的父母來參加她的婚禮，雖然真正的理解與和平共處是在結婚之後，但麗沙還是很感謝當初令父母來參加婚禮的兩位父親，當然，艾倫的優秀是真正得到岳父岳母歡心的因素，因為當初的小小虧欠反倒讓他們對艾倫比對女兒還要好。

「兒子們，聊完天的話，幫個忙吧？」學長好不容易把學弟留給人群，重新鑽回兒子邊。

「老爸，什麼事？」

在家裡老爸指的是學長，爸爸指的是學弟，學長說被叫老爸比較有權威所以很高興，學弟只是淡淡的說你（年紀）比較大也是事實。

「我們去搬酒，那些老酒我可不敢交給別人動。」

「樓下酒窖裡的酒嗎？我們才進去過一次呢，你們平常都鎖著不讓我們進去。」艾倫想了想，笑笑的說著。

「就怕你們偷喝酒把酒灌光了。」學長笑笑的打開酒窖的燈，把橫躺著的葡萄酒，一箱箱的讓艾倫和萊伊搬上去，搬了五六箱，一直說輕一點輕一點。

「老爸，這些是什麼酒？夠喝嗎？」萊伊把酒放好，交代雇用來的侍酒師與侍者處理。

「這是我跟你爸爸結婚那年出產於左岸的葡萄酒，」學長的話讓旁邊的侍酒師眼睛一亮。

「不是拿來喝到夠，是拿來回憶時間的紀念，它當然好喝，不過我們的侍酒師有為我們準備其他的酒。」說著向侍酒師點點頭，侍酒師也欠身回禮。

「您打算什麼時候開始？」侍酒師試飲後，這麼詢問。

「就現在吧，酒可以即飲的話就現在開始。」不知什麼時候鑽回來的學弟，簡單的回答。

「我知道了。」

侍酒師離開處理葡萄酒，指揮侍者將酒送到每個賓客手上，隨著酒一瓶一瓶的打開倒在酒杯裡，帶著榛果香與花香的葡萄酒香裊裊漫步在空間裡。

「唔嗯……真好，結婚時的酒，55年的酒……時間好快啊。」

「不要覺得困難，想想兩個人幸福的事，想想幸福的方法。」學長發現萊伊感慨裡的心情，給兒子加油打氣。

「嗯，我明白，只是爸，好可惜麗沙那時候沒想到買一批紀念用的酒……」

「有啊，我們都有買，有你們來到這個家那年的酒，你們第一次送我們禮物那年的酒，艾倫跟麗沙結婚那年的酒，艾倫家的小頑皮出生時的酒，你帶著丹尼爾來看我們那年的酒……」

看著兒子們感動又不知所措的表情，學長學弟笑得很溫柔。

「我們很幸福喔，孩子們，很謝謝你們來到這個家，我們留給彼此最珍貴的不是資產，而是時間與回憶，希望喝著這酒的你們也能一直很幸福。」

「先生，好了，請開始吧。」

學長學弟走向人群，在時間裡，有很多面孔已經看不到了，又多了很多想都沒想過的面孔與回憶……

「讓我們……敬相遇與回憶。」

「乾杯～～!!」

感謝選擇與相遇，感謝彼此都從未後悔也從未放棄……

「明年，也請多指教。」學弟笑笑的，小小聲的向站在身旁很多年很多年的人說道。

「請多指教。」學長微笑著，拉著學弟去開舞。

（未完待續）

要彩虹3　PG2867

要有光
FIAT LUX

實驗室系列
——學長與學弟（中）・相守篇
【台灣耽美經典作品全新修訂版】

作　　者　Arales
責任編輯　楊岱晴、石書豪
圖文排版　陳彥妏
封面設計　茵萊登曼特
封面完稿　吳咏潔

出版策劃　要有光
發 行 人　宋政坤
法律顧問　毛國樑　律師
印製發行　秀威資訊科技股份有限公司
114台北市內湖區瑞光路76巷65號1樓
電話：+886-2-2796-3638　傳真：+886-2-2796-1377
http://www.showwe.com.tw
劃撥帳號　19563868　戶名：秀威資訊科技股份有限公司
讀者服務信箱：service@showwe.com.tw
展售門市　國家書店（松江門市）
104台北市中山區松江路209號1樓
電話：+886-2-2518-0207　傳真：+886-2-2518-0778
網路訂購　秀威網路書店：https://store.showwe.tw
國家網路書店：https://www.govbooks.com.tw
總 經 銷　聯合發行股份有限公司
231新北市新店區寶橋路235巷6弄6號4F
電話：+886-2-2917-8022　傳真：+886-2-2915-6275

出版日期　2023年5月　BOD一版
定　　價　320元

讀者回函卡

Printed in Taiwan

國家圖書館出版品預行編目

實驗室系列：學長與學弟(中). 相守篇【台灣耽美經典作品全新修訂版】/ Arales著. -- 一版. -- 臺北市 : 要有光, 2023.05
面； 公分
BOD版
ISBN 978-626-7058-61-9(平裝)

863.57 111016183